相棒

SEASON 14

49-82
LICE

相棒 season14

上

脚本・輿水泰弘ほか／ノベライズ・碇　卯人

朝日文庫

本書は二〇一五年十月十四日～二〇一六年三月十六日にテレビ朝日系列で放送された「相棒　シーズン14」の第一話～第七話の脚本をもとに全七話に構成して小説化したものです。小説化にあたり、変更がありますことをご了承ください。

相棒 season 14 上

目次

装丁・口絵・章扉／中村絵奈

杉下右京　　警視庁特命係係長。警部。
冠城亘　　法務省キャリア官僚。警視庁出向中。警視庁警務部付。
月本幸子　　小料理屋〈花の里〉女将。
伊丹憲一　　警視庁刑事部捜査一課。巡査部長。
芹沢慶二　　警視庁刑事部捜査一課。巡査部長。
米沢守　　警視庁刑事部鑑識課。巡査部長。
角田六郎　　警視庁組織犯罪対策部組織犯罪対策第五課課長。警視。
大河内春樹　　警視庁警務部首席監察官。警視正。
中園照生　　警視庁刑事部参事官。警視正。
内村完爾　　警視庁刑事部長。警視長。
日下部彌彦　　法務事務次官。
甲斐峯秋　　警察庁長官官房付。

相棒

season

14 上

第一話「フランケンシュタインの告白」

151014

一

二〇一五年七月。夜の西多摩刑務所にけたたましい非常ベルの音が鳴り響いた。雑居房でなにか異変が起こったようだった。

刑務官たちが駆けつけたとき、雑居房の床でひとりの受刑者が胸から血を流して暴れていた。

「何事だ？」

刑務官の増渕万里《ますぶちばんり》が問いかける。

「こいつがトイレで……」

雑居房の見回りをおこなっていた刑務官が事情を説明した。どうやら雑居房のトイレで受刑者の荒木秀典《あらきひでのり》が自らの左胸を突き刺したらしい。凶器は鋭く削った歯ブラシの柄《え》だった。

荒木を見下ろしていた受刑者が怯《おび》えたようにぽつんと呟《つぶや》いた。

「こいつも信者になっちまった……」

それを耳にした増渕が受刑者たちを叱責した。

「お前たち、一緒にいて気づかなかったのか？　荒木、自傷行為で懲罰！」

荒木は手錠をかけられ、そのまま医務室へ引きたてられた。

「ほら暴れるな。傷口が開くぞ。ちょっと見せろ。おい、傷口を見せなさい」

大声でわめきながら刑務官をふりほどこうとする荒木に医師の石井康孝《いしいやすたか》が注意する。

しかし、受刑者はまるで野獣のようにほえたてるばかりで、医師の言うことを聞こうとしなかった。増渕が吐き捨てた。

「縫うのも嫌、薬も嫌か。じゃあ好きにするんだな！」

荒木は懲罰として、保護房に収容されることになった。

所長室では、報告を受けた所長の磐城賢三《いわきけんぞう》が苦り切った顔でぼやいた。

「また自傷行為か……」

「今月に入って三人目です」

処遇部長の長尾朗《ながおあきら》が答えると、教育部長の大谷真治《おおたにしんじ》が深刻な口調で続けた。

「伝染病のように広がり続ける自傷行為。ここはやはりその元凶を取り除くことが急務かと……」

「とにかく梅津源平《うめづげんぺい》をどこかよそへ移しましょう。梅津を置いておくとですね、悪影響が広がるばかりですから」

長尾が所長に進言する。その脇から大谷が本音を漏らした。

「いっそ死んでくれないかなぁ。あいつはほら、心臓に持病があるだろ。コロッとさ……。あっ……不謹慎なことを言いました。申し訳ありません」

頭を下げる大谷に、磐城が言った。

「いや、幹部連中の本音は皆そうだよ」


所長室での会話に登場した梅津源平とは、独居房に収容された受刑者だった。その梅津は眼鏡をかけて、読書をしていた。見回りにきた刑務官の田代伊久夫《たしろいくお》が窓越しに梅津に話しかける。

「相変わらず難しそうな本を読んでますね」

「はあ、『源氏物語』ですわ。こりゃ一種のポルノ小説ですなぁ」梅津が本を机に置いて田代に向き直る。「すんまへん。タオル濡らして体拭きたいんやけど、あきまへんか？」

「規則ではそういうことは許可できない」

「わかってま。ほな諦めますわ」

残念そうに読書に戻ろうとする梅津を、田代が呼びとめた。

「少しぐらいなら構わない。手早くやりなさい」

「おおきに、すんまへん」

梅津は腰を折って感謝の意を示すと、さっそく上着を脱ぎ、水で濡らしたタオルで体をぬぐいはじめた。その左胸には大きな傷跡が、みみずばれのように盛り上がっていた。×印の醜い傷跡は、まるでなにかのエンブレムのようであった。

その頃、杉下右京《すぎしたうきょう》はロンドンにいた。

特命係で相棒だった甲斐亨《かいとおる》が関わった事件の監督責任を問われ、右京には無期限停職という重い処分が下された。それでも右京は平然としたものだった。自由の身になったのを幸いとヨーロッパを巡り、なじみのイギリスでたまたま遭遇した事件を解決したばかりだった。スコットランド・ヤードのお偉方から、いっそ嘱託《しょくたく》契約でこちらに残ってはどうだと誘いを受け、それもいいかもしれないと思っているところだった。

主を失った旧特命係の部屋では、このところ法務省から出向してきたひとりの男性が新聞を広げていた。男の名は冠城亘《かぶらぎわたる》。ノーネクタイでワイシャツの襟元《えりもと》をはだけ、長身をもてあますかのように窮屈そうに椅子の背に身をもたせる姿は、あまり役人らしくはない。

そこへ、同じフロアの組織犯罪対策第五課長の角田六郎《かくたろくろう》が取っ手にパンダのフィギュアがついたマグカップを携えて、ふらっと入ってきた。

「お暇ですか？」

冠城亘が新聞紙から目を上げた。

「おはようございます」

「ああ、おはようございます」

挨拶を返した角田が勝手知ったる他人の部屋といった調子で、コーヒーメーカーに近づいていく。そのようすを見ていた亘が立ち上がった。

「言おう言おうと思ってたんですけど、それ向こうへ持ってってもらっても構いませんよ。いちいち飲みにいらっしゃるのも大変でしょう？」

「まああたしかにね。しかし、わざわざ向こうに持っていくほどのものでもないですし」

角田は愛想笑いを浮かべ、「いや、お邪魔ならそうしますよ。私がちょくちょく顔を見せるのがうっとうしければ」

「勘繰りすぎです」

角田はコーヒーメーカーに挽《ひ》いたコーヒー豆をセットしながら、会釈した。

「ならばよろしいですかね？　何しろ長年の習慣なもので」

「了解です。あの、これも言おう言おうと思ってたんですけど……」

「はい」角田がコーヒーを作る手を止めた。

「僕には敬語じゃなくて構いません。角田さんのほうが年上ですし」

「しかし、こういう言葉遣いがお客さまに対する礼儀のひとつと思いますし……。いやいや、お客さまというのに深い意味はありませんが」

言葉とは裏腹に、角田の発言には言外の意味がこもっているようだった。

「了解です」

法務省から出向中のお客さまは苦笑するしかなかった。


荒木の自傷事件から数カ月後、西多摩刑務所で重大事件が発生した。刑務作業中の受刑者美倉成豪《みくらせいごう》が刑務官の田代伊久夫に襲いかかったのだ。

美倉は工場棟でボールペンの組み立て作業中に用便を願い出て田代に近づくと、その首元に隠し持っていたペンを思いきり突き立てたのだった。ペン先は頸《けい》動脈を正確にとらえたらしく、田代の首筋から大量の血が噴き出した。

同僚を襲われた刑務官たちは黙っていなかった。美倉を所内の取調室に連行すると、椅子に座らせて寄ってたかって殴る蹴るの制裁を加えた。美倉が歯を食いしばって暴行に耐えているところへ、藤森喜郎《ふじもりよしお》と井川茂《いかわしげる》というふたりの特別司法警察職員が現れた。ふたりの姿を目にした刑務官たちはいったん暴行をやめた。

ふたりは刑務官によるリンチを見て見ぬふりで流し、美倉の前に座った。

「田代刑務官の死亡が確認されたよ。失血死だ」

藤森の言葉を受け、井川が続ける。

「殺人容疑でこれから取り調べをおこなう」

テーブルに突っ伏していた美倉が痣《あざ》だらけの顔を上げ、不敵に言い放った。

「警察を呼んでください」

「ああ⁉」

いきりたった井川が美倉の襟首《えりくび》をつかむ。しかし、美倉は動じなかった。

「警察に話します」

「なんだと、コラァ！　塀の中での犯罪は我々が捜査し、調書を取って送検するんだよ。この野郎！」

「警察に話します」

「きさま！　ふざけたことを言ってるんじゃない！」

藤森も声を荒らげたが、美倉は主張を繰り返すばかりだった。

事件の一報はすぐさま、刑務所を管轄する法務省の上層部に届いた。その夜、法務事務次官の日下部《くさかべ》彌彦《やひこ》は、都心の落ちついたバーに警視庁へ出向中の冠城亘を呼び出した。

事件の概要を聞いた亘が意見を述べる。

「刑務所の職員は信用できないってことでしょう。何言っても握り潰されると思ってる」

「つまり？」

ブランデーグラスを片手に日下部が促す。

「刑務所にとって都合の悪いことを話そうとしてる」

「まあ、おおかたそういうところだろうな」

「で、警察と合同捜査になるんですか？」

亘が日下部に探るような視線を向けた。

「合同捜査というほど大げさなものじゃないが、捜査協力を要請した。致し方ない。警察を呼ばなきゃ捜査にはいっさい協力しないとのたまっているらしい」

「たいしたタマですね」

「お前暇だろ？」日下部が一方的に決めつける。「捜査陣に加えるよう警視庁に要請した」

亘が呆《あき》れ顔になる。

「そもそも事務次官が首を突っ込んでくるような案件じゃないでしょう」

「いいんだよ、俺は。やりたいことをやる」

翌朝、警視庁の刑事部長室に捜査一課の伊丹憲一《いたみけんいち》と芹沢慶二《せりざわけいじ》が呼びつけられていた。

傍《かたわ》らには冠城亘の姿もある。

刑事部長の内村完爾《うちむらかんじ》の顔色を確かめたうえで、参事官の中園照生《なかぞのてるお》が宣言した。

「というわけで、そちらの冠城亘くんにオブザーバーとして参加してもらう」

「法務省では矯正局《きょうせい》にいたこともあるそうで、刑務所の実情などには詳しい」内村は捜査一課のふたりに説明したあと、亘に向かって軽く頭を下げた。「よろしくお願いしますね」

三人はさっそく西多摩刑務所に向かうことにした。車の後部座席に座った亘が、前のふたりに訊《き》いた。

「私のことご存じでしたか？」

「そりゃ、法務省のキャリア官僚が出向してきてるとなれば、噂にもなりますよ」

助手席の伊丹がおもしろくなさそうな顔でこぼすと、ハンドルを握る芹沢も皮肉交じりに言った。

「しかも警察庁ならわかりますけど、警視庁でしょう」

「現場に興味があるんで、どうせならと思って……。まあこれも何かのご縁。いろいろ教えてください」

煙たがられているのは承知の上で亘が述べた社交辞令に、伊丹が反応した。

「名刺代わりにひとつ、とっておきの情報をお教えしましょうか？」

「今お使いになってる部屋、前に魔物が棲《す》んでたんですよ」

「ま……魔物ですか？」

亘は耳を疑った。

「ええ、ぜひ」


西多摩刑務所に到着した三人が保安管理棟の取調室で待っていると、特別司法警察職員の藤森喜郎と井川茂が、事件を起こした美倉成豪を引き立ててきた。

「警視庁捜査一課の伊丹だ」「芹沢だ」

美倉の正面に座り、警察手帳を掲げるふたりに乗じて、亘も「冠城だ」と名乗る。

美倉は痣だらけでぱんぱんに膨れあがった顔を上げると、亘を上目で睨《にら》んだ。

「どうしてあなただけ警察手帳を見せてくれないんですか？」

亘はジャケットの内ポケットをまさぐり警視庁職員の身分証を呈示してから、怪しまれないうちに「始めてください」と捜査一課のふたりを促した。

「殺意はあったんだよね？」

「だから頸動脈を狙いました」

芹沢の質問に美倉がたんたんと答える。

「なぜ田代伊久夫刑務官を殺した？」

伊丹の問いかけには意外な答えが返ってきた。

「田代が梅津さんを殺したからです」

「何？　梅津って？」

「梅津源平です」

亘は特命係の部屋で読んでいた新聞の、三面に載っていた小さな記事を思い出した。

「先週獄中死した梅津源平か？」

「はい」

美倉の横に立っていた藤森が異議を唱える。

「梅津源平は病死だぞ」

「いいえ、殺されたんです、田代に。だから私がかたきを取りました。どうせあなた方は取り合わないでしょうが」

井川が不遜《ふそん》な態度の美倉をねめつけた。

「それは心外だな。わかった。改めて調べてやるよ、徹底的に。それでいいんだな？」

すると壁際の椅子に腰かけていた亘が言った。

「信じちゃ駄目だよ。調べる気なんかないと思うから」

井川が亘に詰め寄る。

「これまた心外ですね。何を根拠に？」

「だってまだ供述の途中でしょう。しまいまで聞かないうちに約束するなんて空手形に決まってる。うまく丸め込もうって魂胆が見え見えです」亘は椅子から立ち上がり、「梅津源平が病死ではなく殺されたということをどうやって知ったのか？　本気で事件を掘り起こそうとするならば、肝心なこの部分を聞いてからでしょう、普通は」

「まあたしかに」

伊丹の同意を受け、亘は美倉に訊いた。

「殺人だという情報をどこから？」

「梅津さんから聞きました。私に教えてくれたんです」

「田代刑務官に命を狙われてると、生前梅津源平があなたに言ったという意味ですか？」

美倉の答えは亘の意表を突くものだった。

「いいえ、殺されたあとです」

「あと？」

「深夜、私の耳元ではっきりと言いました。田代に殺されたと」

「ハッ」井川が小馬鹿にするように笑う。「つまり梅津の幽霊から殺されたことを聞いた。そういうことか？　俺にはそういうふうに聞こえるんだけど」

「そうです。幽霊という表現がいいのかどうかはわかりませんが」

「がぜん捜査意欲が湧いてきました。場合によっては、死人に口なしという言葉を覆す大発見になるかもしれません」

井川からあからさまに揶揄《やゆ》されても、亘には返す言葉がなかった。

二

亘が新聞を片手に旧特命係の小部屋に戻ってくると、見慣れない先客がいた。伊丹に魔物と称された杉下右京が何食わぬ顔で紅茶を淹《い》れていたのである。

右京が亘の姿を認めて、「ああ、どうも」と会釈する。

「どうも」

戸惑いながら挨拶する亘に、右京が紅茶セットの置いてある一角を示しながら言った。

「ご覧のとおり、今紅茶を淹れようとしています。しかし助かりました。部屋はすっかり変わり果てていますが、ここだけ元のままで。ところでどちらさまでしょう?」

「人に名前を訊くならまず自分から名乗るのが礼儀でしょう」

亘の指摘に、右京は軽く腰を曲げた。

「ごもっとも。大変失礼しました。僕は杉下といいます」

「杉下さん」

「ええ、右京です」

「冠城亘です」

亘はいまだ怪訝《けげん》そうだったが、右京はまるで気にしていなかった。

「どういう字を書きますか？　ああ、僕から先に。杉花粉症の『杉』に上下の『下』、右京は左右の『右』に東京の『京』――杉下右京。あなたの番です」

亘が「どうぞ」と身分証を呈示する。

「ほう、こういう字ですか。僕は今身分を証明するものは、免許証とパスポートしかありませんが、決して怪しい者ではありませんよ」

「ひょっとして前にここにいらした方ですか？」

「ご名答」

右京が中断していた紅茶を淹れる作業に戻る。

「なるほど……」

思わせぶりな亘の言葉に右京が反応する。

「何か？」

「いえ……」亘は視線を机の上に走らせ、旅行鞄を見つけた。「ご旅行だったんですか？」

「ええ、あちこち。先ほど帰国しました」

会話が途切れ、気まずい空気が流れる。右京も亘もお互いの存在を過剰に意識していた。

右京は警察庁の甲斐峯秋《みねあき》のもとへ挨拶に行った。息子の享が引き起こした不祥事により、峯秋は警察庁次長から長官官房付へと降格させられていたが、それでも豪華な部屋を与えられていた。

峯秋はソファに右京を迎え入れた。

「まるで風来坊だね。まあ、しかし元気そうでよかった」

「おかげさまで。次長もお元気そうで何よりです」

峯秋がほほ笑んだ。

「今も言ったとおり、もう次長じゃない。こうして官房付で暇を持て余してるよ」

「そうでした。失礼。ところで、僕の部屋を冠城亘という人物が使っているようですが、ご存じですか？」

「彼ね、法務省から出向してきているんだ。一応人事交流という名目だがね、キャリア官僚のルーティンの出向だろう。今一応警務部所属ということになってるがね、特に仕事はない。彼もやはり暇を持て余してるだろうね」

「そういうことでしたか。それで僕の部屋に」

合点する右京に、峯秋がやんわり釘を刺す。

「僕の部屋、僕の部屋と言っているがね、警察はいずれ君が辞表を出すものと思っている。もはや君の部屋という認識はないと思うがね」

「なるほど」

右京としてはうなずくしかなかった。


その夜、右京は行きつけの小料理屋〈花の里〉に鑑識課の米沢守《よねざわまもる》を呼び出した。

「先ほどは助かりました。目下自由に警視庁舎に出入りできない状態なものですからねえ」

右京が米沢に感謝する。

「いえいえ、お安いご用です。警視庁にお越しの際はいつでも私を呼び出してください。それにしてもお元気そうでホッとしました」

軽くほほ笑みながら猪口《ちょこ》を口に運ぶ右京に、女将《おかみ》の月本幸子《つきもとさちこ》が皮肉を浴びせる。

「いつ帰国するのかと思ったら突然。相変わらずなんですから……。で、またどこかへいらっしゃるんですか？」

「さてどうしたものか、今思案しています」

「警察の偉い方に謝って、許してもらえないんですか？」

幸子の提案は右京には新鮮に感じられた。

「なるほど！　それは考えてもみませんでした」

「試してみてください」

「わかりました。いずれ気が向いたときに」

「本当にのんきなんだから……」

幸子が苦笑する中、米沢が右京に顔を近づけた。

「あの……こんなこと、今の杉下さんにお伝えしたところでどうこうなるわけでもないんですけども……」

「なんでしょう？」

「ひょっとしたら杉下さんが興味を引かれる事件なのではあるまいかと」

事件と聞いて、右京の眼鏡の奥の瞳がきらりと輝く。

「それはぜひお聞きしたいですね」

「いや、しかし、今の杉下さんにお話ししたところでどうこうなるわけでもなし……となるとお聞かせするのはむしろ酷かもしれず……いやはや迷います」

「そうやってもったいぶるのが一番酷だと思いますよ」

右京のひと言で、米沢はさらに顔を近づけた。

「実はですね……」

翌朝、旧特命係の部屋で亘が新聞を読んでいると、角田が右京を連れてきた。

「いいか、杉下。俺の来客ってことで入ってきてるんだから面倒起こすなよ」

「ご心配なく」右京は慇懃《いんぎん》に頭を下げると、不審そうな表情の亘に挨拶した。「おはようございます」

「あっ、おはようございます」

反射的に挨拶を返した亘を無視して、右京がティーポットを棚から取り出す。

「あの……」

「申し訳ない。長年の習慣なもので」

「いや……モーニングティーはぜひここで。歓迎しますよ」

呆れて再び新聞を読み始めた亘に、紅茶を淹れ終えた右京がそっと耳打ちする。

「西多摩刑務所に幽霊の告発によってかたき討ちをした男がいるそうですね。死者が殺人を告発したというのは果たして本当でしょうかね？」

「嘘を言っているようには見えませんでしたけどね。だって、そんな嘘ついてどうします？　美倉が最も恐れていたのは、自分の供述が相手にされないこと、捜査陣に無視されることだったんです。それなのに幽霊なんて、それこそ笑われるだけでしょう」

話し相手ができて嬉しかったのか、亘はこの部屋の元の主に自分の意見を述べた。

「おっしゃるとおり」右京はティーカップを持って亘の前に座り、「ましてあなたは事情聴取の途中で、警告まで与えたんですよねえ。安易に捜査陣を信じるな、と。言わばあなたはその場面で美倉の味方をしたわけです。そんなあなたに対して美倉が幽霊の告発だったと言ったのならば、その供述は本当なのでしょうねえ」

「彼にとっては本当なんでしょう。いよいよ精神鑑定の対象かも」

「たしかに妄想ということも考えられます。勝手な思い込みによってかたき討ちをした」

　亘は机に肘をつき、「幽霊よりも妄想ってほうに分があるでしょう、どう考えても」

「そうですかねえ？　僕は五分五分……いやむしろ七対三で幽霊の肩を持ちたいところですがねえ」

　そう言って曖昧《あいまい》に笑う右京を見て、亘はわざとらしく咳払いをした。

「あの……今停職中なんですよね？　なのに、事件に首突っ込んで大丈夫なんですか？」

「そこに事件がある以上、仕方ありません」

　人を食ったような右京の答えに鼻白みながらも、亘はおもしろいことになったと感じていた。こうして捜査権のないふたりがタッグを組むことになった。

　西多摩刑務所までは亘が車を運転した。右京は自分の車を出そうと申し出たのだが、他人の運転は苦手だと亘がつっぱねたのだ。亘が愛車のハンドルを握ったまま、助手席の右京に言った。

「事件捜査については僕は素人同然。杉下さんの警察官としての経験と知恵に大いに期待してます」

「恐れ入ります」

「が……」十分にためを作って、亘が忠告する。「しばらくおとなしくしててください。これから行くところは、僕のフィールド。余計な口を挟まれて、計画がおじゃんになるのはごめんですからね。失礼ながら杉下さん、見るからに余計なことしそうで」

「そんなふうに見えますかねえ？」

「ええ」

迷いなくうなずく亘を、右京は恨めしげに横目で一瞥《いちべつ》した。

西多摩刑務所に到着したふたりは所長室で磐城賢三と面会した。ふたりをソファに案内した磐城が訝《いぶか》しそうに訊く。

「で、内密のお話とは？」

亘が口火を切る。

「事務次官が今回の一件を非常に危惧《きぐ》してます」

「事務次官？」

「梅津源平の件です。本当に病死なのかそれとも……」

「いや、病死ですとも」

すぐさま磐城が遮《さえぎ》った。

亘は相手を安心させるかのように軽く笑って、「もちろん、私もそう思ってます。美倉成豪の供述は与太話レベルだと。しかし、このままでは美倉はその与太話を起訴後に公判でも繰り返すでしょう」

「だとしたら、どうしろと？」

「いずれ与太話が公になることを避けられないのならば、今から相手がぐうの音も出ない反証を準備しろ。それが事務次官の要望です。それにはもちろん、医師の証言や死亡診断書程度のものではまったく足りません。あらゆる関係者の証言をまとめて、どこからつつかれても病死という結論が揺るがないようにしなければならない。そのために、我々が刑務所内の必要な場所で必要な人物に事情聴取をおこなうことを所長権限で許可していただきたいんです」

「そんなこと、急に言われても……」

降って湧いた厄介事に所長の磐城は困惑するばかりだった。その顔を眉をひそめて眺めながら、亘がメモ用紙に何かを書きつけた。そして、そのメモを磐城に渡す。

「事務次官の携帯番号です。直接お話しになってください」

さすがに事務次官に電話をかける勇気のない磐城は、しぶしぶ折れざるを得なかった。

「わかりました。おっしゃるとおりにしましょう」

「ご理解いただき、ありがとうございます。我々のことは関係者に周知徹底させてください。我々は味方です」

所長室を出て応接室へ移動したところで、それまでじっと黙っていた右京がようやく口を開いた。

「もし事務次官に電話されていたらどうするつもりでした？」

「あの番号はいくらかけても留守電ですからね」

亘がしれっと答える。

「はい？」

「僕の携帯番号です」亘がスーツの両側の内ポケットから二機のスマートフォンを取り出した。「予備のね。もしかけたらそのときはそのとき。うまく事務次官を唆《そそのか》して所長に電話してもらったかもしれません」

法務省から出向してきたキャリア官僚の言葉に右京が興味を示す。

「ほう。事務次官とはそんな頼みごとのできる間柄ですか」

「なんか昔からかわいがってもらってます。今の事務次官は特殊なんです」

「特殊？」

「検事じゃないんです。ただのキャリア。法務省は基本的に検事じゃないと事務次官になれないのはご存じでしょう？」

「ええ」右京がうなずく。「事務次官といえば他の省では事務方のトップですが、法務省ではさらに上がいますねえ」

「前の事務次官が急死し、急きょ次へのつなぎとして起用された人ですから。非常に優秀な人です。だから例外的に事務次官になった。けれど、もはや上がない。上はすべて検事ですからね。となれば、思ったとおり行動できるじゃないですか。波風も覚悟の上で……。面白い人です」

「なるほど」

事情を理解した右京に、亘が挑戦状をつきつける。

「さて、ここからはあなたの番です。どの辺りからつつきますか？」

「幽霊からですよ。決まってるじゃありませんか」

さも当然と右京が言い放ったところへ、制服姿の刑務官が応接室に入ってきた。

「お待たせしました。増渕と申します。おふた方の案内役を仰せつかりました」

増渕万里に案内された保安管理棟の取調室でふたりが待っていると、美倉が連行されてきた。右京が幽霊の話を振ると、美倉は記憶を手繰《たぐ》りながら証言した。
「深夜です。耳の奥のほうで私の名前を呼ぶ声がしました。くぐもったかすれたような
エコーのように響くような、そんな不思議な声でした。その声に私は目を覚ましたんで
す」
「そこであなたは幽霊を見た？」
「いいえ。何も見えませんでした。しっかり目を開けているのに真っ暗闇なんです。深
夜とはいえ雑居房ですから、薄明かりがついています。目を開けているのに、何も見え
ないなんてことはないんです。私は怖くなって起き上がろうとしました。でも、起き上
がれませんでした。手足の自由がまったく利かず……動けなかった」
そのときの状況を思い出したのか、美倉が興奮気味に語った。
「金縛りというやつでしょうかねえ？」
冷静に受け止める右京に、美倉が同意を示す。
「多分。私には経験がないのでわかりませんが、恐らくそうだったと思います。耳の奥
の声はずっと続いていて、やがて梅津源平だと名乗りました。驚いて『私にどんなご用
ですか？』と尋ねると『田代に殺された。かたきを取ってほしい』と」
「夢……だったんじゃありませんか？」
現実的な解釈をする亘を、美倉がきっと見据えた。

「いいえ。私はしっかり目を覚ましていました」

断言する美倉を、増渕は感情を殺した顔で見下ろしていた。

続いてふたりは増渕の案内で医務室へ向かった。医師の石井康孝が右京の質問に応じて、カルテを見た。

「私が到着したときには、すでに心肺停止状態でした。心肺蘇生術を試みましたが、甲斐なく……。九月二十八日の午後二時三十二分、死亡を確認しました」

「梅津源平は元々心臓が悪かったそうですねえ」右京が質問する。

「ええ。何度か発作を起こしています」

「今回発作を発見したのは、田代刑務官だったわけですね？」

石井医師は迷わずにうなずいた。

「田代くんから、苦しんでいると連絡があり駆けつけました」

「そして駆けつけたときには心肺停止の状態。弱りましたねえ……。先生は梅津が息を引き取る瞬間を見ていない。つまり、死亡を確認したに過ぎないわけですね？」

疑い深い右京の言葉に、石井は気分を害したようだった。

「そのとき私が病死以外を疑えばよかったとでも？　そりゃあ、何か怪しい痕跡でもあれば私もそうしたでしょうが……」

「そういったことはなかった？」

「あれば遺体の解剖を申請していますよ。あえて言わせてもらいますね。梅津が殺されたなんてあり得ない。ましてや田代くんになんて……。彼ほど受刑者たちに親身になって接していた刑務官はいませんよ。ねえ、増渕さん」

医師から同意を求められ、壁際に静かに立っていた増渕がしゃちこばったようすで答えた。

「先生のおっしゃるとおりです」

「多くの受刑者たちから慕《した》われていました。まだ若いのになかなかの人格者でしたよ」

石井が言い添えても、右京は必ずしも納得していなかった。

「人格者だということが殺人を犯さないという根拠にはなりませんからねえ……。ああ、もちろん一般論ですが」

医務室から出たところで、右京が付き添いの増渕に訊いた。

「梅津源平を独居房に収容していたのは医療観察のためですか？」

「えっ？」

突然話しかけられて戸惑う刑務官に、右京が続ける。

「独居房は希望して入れるものではないはずですよね」

右京から問われた亘が増渕に確認する。

「医療観察のためなら、昼夜独居だったわけでしょう？　あ、昼夜独居というのは……」

説明しようとする亘を右京が遮った。

「説明無用です。昼間は房内で軽作業をおこない、夜もそのまま房で過ごすこと。つまり、入浴と運動以外はずっと独居房にいる。しかし、昼夜独居というと、極端に人と出会う機会が制限されますからねえ。そう考えると梅津源平は美倉成豪とどのように知り合い、親交を深めていったのか気になります。少なくともかたき討ちをするぐらいですからね、生半《なまなか》な関係ではあり得ない。ふたりの間に強い絆が存在していたと考えてしかるべき。そう思いませんか？」

右京の発言を受けて、亘が増渕に質問した。

「その辺り、あなた説明できますか？」

「それは……」

逡巡《しゅんじゅん》する増渕に、亘が畳みかけた。

「説明できないならば、説明できる方に会わせてください。所長から聞いてません？　我々は味方です」

増渕は右京と亘を独居房へいざなった。自傷事件を起こした荒木秀典の房へ行き、上着を脱ぐように命じる。左胸には先日歯ブラシの尖った柄でつけた傷跡が痛々しく盛り上がっていた。その傷跡は×印のように見えた。

刑務官はさらに隣の房の受刑者にも、その隣の受刑者にも上着をはだけるよう命じた。ふたりとも同じように胸に×印の傷跡が認められた。

増渕が右京に向き直る。

「あと四十名近くいますが全員ご覧になりますか？」

「全員胸元に傷が？」

増渕は軽くうなずくと、「受刑者たちは信者と呼んでいます。梅津の胸の傷跡をまねて、自傷行為に及んだ連中です」

「四十人もの受刑者が梅津の信者に？」

予想外の展開に驚く亘に、増渕が苦り切った声で補足する。

「正確には四十二名です。独居房は今、梅津信者で占領されている状態ですよ」

「梅津源平、いったい何者ですか？」右京が興味を示す。「たしか強盗殺人の罪で無期懲役判決を受け、十五年前から服役中ということでしたねえ」

増渕はふたりを保安管理棟の事務所に連れていき、梅津のファイルを見せた。そのうえで説明する。

「入所した当初は、ひどく反抗的で我々も大いに手こずりました。まるでけだものでした」

増渕の脳裏にその当時の梅津の野獣めいた声が鳴り響いた。

――ええ加減にせえよ、こらあ！「虎の威《い》を借る狐」っちゅうのはお前らのこっちゃ！ ちゃうんかい、こらあ増渕！

増渕は憎々しげに顔をゆがめ、「抗弁《こうべん》、暴言、官誹謗《ひぼう》ばかりで、何度保護房にぶち込んだことか……」

保護房に入れただけではあるまい。おとなしくさせるために、殴る蹴るの暴力も辞さなかったはずだ。右京はそう考えた。

「相手が囚人とはいえ、随分手荒なまねをなさるんですねえ」

「梅津は特別ですよ。相手は荒れ狂う野獣。そうするより仕方がなかったんです……。とにかく普通は一度でも懲罰を受ければ、懲りておとなしくなるものですが、梅津には効き目がありませんでした。ところがいつ頃からだったか……」増渕は記憶を探るように視線を宙に泳がせ、「そう、入所から三年ほど経った頃からでしょうか、いったん嘘のように穏やかになった時期がありましてね。本を読むようになったんです。読書に没頭し始めました。といっても、最初は絵本のようなものでしたが」

「絵本？」

亘が訊き返すと、増渕が説明した。

「梅津は小学校もろくに出てないんですよ。入所した頃は読み書きも満足にできない状態で。母親の再婚相手がひどい男だったようです。折檻《せっかん》も受けていたらしい。胸の傷も幼い頃その義父の折檻によって受けた傷だそうです」

右京はファイルに目を落とし、「後年、その父親を殺害し、金品を強奪したわけですね？」

「ええ」

「先ほどいったん穏やかになったとおっしゃいましたが」

「読書に没頭していた五年間ぐらいですかね。絵本から始まった読書は、五年経った頃には『六法全書』をスラスラ読むほどになっていて……。その成長ぶりには、目を瞠《みは》るものがありました」

右京が話の先を読む。

「しかし、その穏やかさは一過性のものだった？」

「もう十分改悛《かいしゅん》したとみて、梅津を雑居房に移したんです。そもそも持病も医療観察をするほど、ひどいものではありませんでしたから。しばらくはおとなしくしていました。ところがある日、食堂で体が弱った受刑者に梅津がおかずを譲り、それを見回りに来た刑務官が目撃し、『抗弁で上げるぞ』と梅津を脅した……」

「刑務所での食事の授受は禁止ですね」

亘の言葉にうなずきながら、増渕の頭には再び梅津の言葉がよみがえっていた。

──なんでもかんでも抗弁て……。素直に謝れば減点一。謝らなんだら減点二。抗弁したら減点三。月に十点以上で、夢の懲罰房行きや。

そのあと梅津を黙らせようとした刑務官を、あろうことか梅津は殴り倒した。そして、さらにこう言い放ったのだ。

──お前らのいじめの根拠になっとるんは、戒護権の中の直接的維持作用っちゅう項目やろ。「被収容者が通常と異なる疑わしい行動をした場合、その者に質問し、また気をつけるよう注意し、さらに規律違反行為がある場合、調べ室に同行を命ずる指示をすることは刑務官の職務にとって当然である」。もっともや。異存はないで。ただし、文言どおり運用されとったらの話やけどな。お前ら拡大解釈しまくりやんけ。貧乏揺すりが通常と異なる疑わしい行動やいうんかい？　増渕、答えんかい！

胸の傷跡を誇示するように見せつけながら梅津が言い放ったあのときの言葉で、その場にいた受刑者たちは結束した。そして、刑務官たちに反旗《はんき》を翻《ひるがえ》し始めたのだ。

「腕力しか頼るものがなかった男が、短期間に膨大な知識を身につけた。野獣が言葉という武器を手に入れたんです。もはや怪物でした。それは侮《あなど》れない威力でした」増渕が右京と亘に訴える。「その証拠に梅津をヒーロー視する者がぽつぽつ出始めました。杉下さんの最初の疑問にお答えするならば、梅津源平と美倉成豪は知り合ってはいないと思います。両者に接点はなかったはず」

右京が話を整理する。

「つまり、美倉成豪は噂によって梅津を認識したと？」

「だと思います」

「そして、梅津の信者になった？」

亘の言葉に増渕が同意を示す。

「今回の一件で、美倉が梅津の隠れ信者だったことがはっきりしました。美倉は自傷行為をしていません」

「なるほど、隠れ信者ですか」

「はっきりそれとわかる信者は四十二名ですが、ひそかに梅津を信奉《しんぽう》している者が果たして何人いるのか見当もつかない状態なんですよ」

刑務官の話に、右京と亘は顔を見合わせた。

亘がちょうどマンションの駐車場に帰り着いたとき、スマートフォンが鳴った。日下部からだった。

「もしもし」

——俺の名前を勝手に使うとはいい度胸だな。

「バレました？」

──矯正局長から問い合わせがあった。どういうことかと。どういうことかと聞かれても俺は何も知らん。

「……って言っちゃいました？」

──言おうとした瞬間に、お前の顔が頭に浮かんで言葉を呑み込んだ。

通話しながらマンションの玄関まで歩いていくと、退屈そうに人を待つモデルのような外国人美女がいた。亘は美女に手を振りながら、事務次官との通話を続けた。

「さすが」

──おおよそのことはつかめたが、お前いったい何をしようとしてる？

「何って真相究明ですよ」

そう答えると通話口を手でふさぎ、美女に早口の英語で〝久しぶり、ちょっと待って〟と言った。ところが、美女はおかんむりのようだった。力いっぱい亘の頰を平手打ちしたため、亘のスマートフォンが吹っ飛んでしまった。

──もしもし？　どうした？

「痛《い》って……」

──冠城？　おい聞こえてるのか？

頰を押さえる亘の耳に、事務次官の声がむなしく響いた。

三

「どうですか？　僕の運転は。苦手を克服するのも人生の醍醐味ですよ」

翌朝、亘は右京の車の助手席に乗っていた。亘は大げさに顔をしかめながら、「……承《うけたまわ》っておきます」と返した。

右京はそんな亘の横顔に目をやり、「ほっぺたどうしました？　ひっかいたような傷が」

「あっ、いや、あの……ひげ剃りのとき、ちょっと手が滑って」

「ひげ剃りにはカミソリをお使いでしたか。僕はてっきり、シェーバーをお使いになっているものと……。カミソリとシェーバーでは、剃り跡が違いますからねえ」

亘は変人を見るような目で運転席の右京を見たが、当の変人は気にせずに続けた。

「そうですか、僕の見立て違いでしたか。細かいことが気になってしまう僕の悪い癖」

ふたりはとある寺を目指していた。その寺の住職の慈光《じこう》が西多摩刑務所の教誨師《きょうかいし》を務めていたのだ。

寺の本堂にふたりを迎え入れた慈光は、右京の質問に答えて、梅津が刑務所の食堂で反抗したときの事件を回想した。

「食堂での騒ぎのあと、梅津さんは半年近く独居房に入れられていました。それを耐えた梅津さんの強靭《きょうじん》な精神力には驚きました」

「しかし、なぜご住職は梅津が独居房を出るときに立ち会われたんですか？」

亘が疑問を投げかける。

「騒ぎを起こしたと聞いて、ずっと気をもんでいましたから。その日、無理やりのように押しかけたんです」

「長らく梅津源平の個人教誨をなさっていたそうですね」

右京の確認に慈光は「ええ」とうなずく。

「梅津に読み書きを教えたのも、ご住職だと聞きましたが」

「まあ、月並みな喩《たと》えですが、梅津さんは乾いたスポンジでした。あらゆる物事を面白いように吸収していく」

慈光の語り口は当時を懐かしむ響きを帯びていた。

「で、その日、梅津と話してみていかがでしたか？」

「お恥ずかしい話ですが……論破されました」

慈光がそのときの梅津の真摯《しんし》な言葉を回想する。

――センセ……僕更生したいんですわ。本気で思うてます。でも、あいつらの理不尽にしたごうておとなしゅうしてたら、更生できますか？　知ってはりますか？　看守がやたらめったら切る動静小票《どうせいこひょう》。交通違反の反則切符みたいなあれ、みんな出世のために切っとるんですわ。切れば切るほど自分の成績になるいうて。服にちょっと触れただけで暴行や言うてね。口答えしようもんなら、抗弁で減点が増えます。辛抱せなあきまへんか？　それを辛抱するのが更生の道ですか？　僕ね、先生が死ね言うたら死にますわ。ほんまでっせ。先生は僕をこないにつくり替えてくれはったお人や。言うたら創造主や。せやし、そんな先生が辛抱せえ言うんなら、「ならぬ堪忍するが堪忍」で出所の日を待ちます。言うてください。僕、先生に従いますよってに。

慈光がそれを伝えると、右京が訊いた。

「なんとお答えになったんですか？」

「好きにしなさいと……、彼の真っすぐな目に見据えられたら、そのときとても我慢しろとは言えませんでした」

亘の目が険しくなったのを見て、慈光がさらに付け加える。

「塀の中では圧倒的に刑務官が強いですからね。いくら彼でも、ひとりで立ち向かうのは無理ですよ」

「ところが、そんな梅津の信者が現れ出した」

右京の言葉に慈光の顔が曇る。

「信者の出現、増殖によって、一層梅津さんは危険視されることになった。刑務所は危機感を募らせてました」ここで教誨師の住職が右京と亘の目を見据えた。「あの……こちらからもお聞きしてよろしいですか？　梅津さんが病死ではなく殺されたというのは本当なんでしょうか？　それも田代刑務官に」

「田代刑務官を殺害した美倉はそう言ってますが……」

答えたのは亘だった。

「かたき討ちだったそうですね」

「本人はそう言ってます」

「でも、死んだ梅津さんが出てきたなんて……」

慈光の耳にも幽霊話が届いていることを知り、右京がまじめな顔で訊いた。

「あり得ませんかねえ？　僕の知り合いのお寺にはよく幽霊が出るそうです。こちらには出ませんか？」


その日の夕方、甲斐峯秋は自分の部屋に右京と亘を呼び出した。

「驚いたね。まさかつるんで動き出すとは……。いや、昼間日下部さんがお見えになってね」

日下部の名前に亘が敏感に反応する。

「事務次官が？　どうして？」

峯秋は亘を無視して、右京に言った。

「杉下くん、君のことを心配なさってた」

「僕を?」と右京。

「うん。『停職中の刑事が冠城などと付き合ってたら、ろくなことはない。最悪、復帰の目が絶たれかねない』とまあ、いろいろおっしゃっていたがね」峯秋は含み笑いをしながら、視線を亘に向けた。「その実、日下部さんは冠城くん、君のことを心配なさってると思うよ」

「僕を?」と今度は亘。

「表向きは杉下くんを気遣っていたが、腹は君を杉下くんから遠ざけたいんだよ。危険人物、杉下右京からね」

「危険人物ですか……」

右京が苦笑いする。

「君のことを調べれば、誰もがそう思うよ。日下部さんのご心配も決して的外れではない」峯秋は亘に向かって、「大やけどしかねないよ、彼とつるんでいると。隣に座っている男ね、実はキャリアだが、出世からはとうに見放されている。つまり、君が関わるには覚悟がいる人物だということだよ」

「お気遣いありがとうございます」

亘は峯秋にお辞儀をすると、隣の席の危険人物の耳もとで小声でささやいた。

「あなたのこと、ミスター・デンジャラスと呼んでいいですか？」

峯秋の部屋から出て廊下を歩きながら、右京が亘に言った。

「甲斐さんのおっしゃっていたこと、一部傾聴に値する部分があります」

「どの部分ですか？」

「やけどのところ。僕はそのつもりはまったくありませんが、相手を傷つけてしまっていることが多々あるようです」

「だから？」

亘の目が輝いている。

「くれぐれも気をつけてください。知ってて絡む以上、やけどするほうにも責任がありますから」

「ミスター！」

ふと足を止めた亘が声を絞って呼ぶ。

「それ、僕のことですか？」

亘は不服そうな右京の顔を見て、「デンジャラスって呼びましょうか？」

「どちらも却下です」

「じゃあ、親しみを込めて右京さん。どうですか？」

「……ご随意に」

亘はようやく旧特命係の変わり者と少しだけ心が打ち解けた気がした。


翌朝、にわかじこみの相棒ふたりは再び西多摩刑務所を訪れた。保安管理棟の事務所で保安係長の入来《いりき》正次《せいじ》と刑務官の増渕万里の立ち会いのもと、慈光から聞いた話に出てきた動静小票とその発行履歴を見せてもらっていた。

「ここに刑務官が受刑者の違反行動を書いて、各区の事務所に申告するんです」

刑務所の内情に詳しい亘が実物の小さい紙片をかざして右京に説明すると、すぐに入来が反論した。

「言いがかりですよ。出世のために動静小票を乱発してるなんて……。刑務官は皆忠実に職務を全うしているんです。動静小票は、仕事に対する熱意の表れです。一生懸命仕事に取り組んでいる証拠です。ねえ、増渕さん」

「ええ」

増渕が言葉少なく応じる。やりとりを聞いていた右京が入来の言葉尻をとらえて指摘した。

「そうですか。とすると、殺された田代刑務官は仕事に対する熱意がなく、一生懸命仕事に取り組んでいなかったということになりますねえ」

「えっ？」

「他の刑務官に比べて、田代刑務官だけ極端に動静小票の発行数が少ない。いささか石井先生の人物評とは矛盾するような気がするのですが……」

ここで亘が自説を述べた。

「石井先生のおっしゃってたとおり、田代刑務官は受刑者に親身になって慕われていたということは間違いないんだと思います。そして、それは犯罪者を矯正して更生へ導くためのひとつのやり方でもあると思います。しかし、一方で、受刑者へのそういう接し方は諸刃《もろは》の剣《つるぎ》でもある。刑務所の秩序を維持できなくなる恐れがあります。刑務官に恐怖を感じなければ、途端になめてかかる受刑者が出ます。恐怖政治を敷くことが、人を管理するのに最も簡単なやり方でしょう。そのためにも、この動静小票が必要なんです」

「恐怖政治って……」

入来が顔をしかめたが、亘は話を続けた。

「動静小票の発行数が仕事に対する熱意の表れというのは決して嘘じゃないし、じゃあ発行数が少ない田代刑務官が仕事に熱意を持っていなかったかというとそういうことでもない。石井先生の人物評に矛盾はありません」

「よくわかりました。ありがとう」右京は発行履歴のファイルのあるページを開き、増渕に言った。「それはさておき、この方にお目にかかりたいんですが」

その人物は刑務官の伊達宏《だてひろし》だった。

伊達との面会は職員食堂でおこなわれた。

「伊達さん、あなたが断トツ、動静小票の発行数が多いものですからね。あなたとは対照的に動静小票の発行が極端に少なかった田代刑務官に対して、どういう印象をお持ちでした？」

右京の質問に対して、若い伊達は困惑を隠しきれないようすだった。

「いや印象と言われましても……」

「受刑者にとってはことあるごとに動静小票を発行するあなたよりも、めったに発行しない田代刑務官のほうがいいはずですよねえ。しかし、あなたからしてみれば忠実に職務を全うしているだけなのに、必要以上に嫌われてしまうことは業腹だったのではないかと。田代刑務官をうっとうしく思ったことはありませんか？」

伊達は同席している先輩の増渕の顔色を気にしているようだった。

「そんなこと思いません」

「本当に？」

「本当です」

ここで突然、亘が増渕に語りかけた。

「あっ、そうだ。増渕さん、ちょっといいですか？　折り入ってお話が」

「今ですか？」

意表を突かれたようすの増渕を亘が強引に誘って廊下へ連れ出したため、食堂には右京と伊達のふたりだけになった。増渕がいなくなって緊張が解けたのか、伊達が右京にうかがいをたてる。

「自分は何か疑われてるのでしょうか？」

「田代さんはある意味、秩序を乱す存在だったのではないかと思いましてね。有り体に申し上げれば、刑務官からは邪魔な存在だった。違いますか？」

「そんなこと思って……」

伊達は即座に否定したが、右京がそれを遮った。

「あなたは一度もそんなこと思っていないかもしれない。しかし、例えばあなた以外で田代刑務官をうっとうしく思っていた方はいらっしゃるんじゃありませんかね？」

右京から鋭く睨まれ、伊達は言葉を失った。そのふたりのやりとりを、亘と増渕が食堂を出たところでじっと眺めていた。伊達が右京に言い込められたところで、亘が増渕に言った。

「我々は味方だと申し上げましたが、残念ながら彼は違う。美倉の与太話を是が非でも立証しようとしてる」

「でも、そんなこと無理ですよ。梅津は間違いなく病死なんですから」

いつも冷静な増渕が少し動揺していた。

亘は増渕を落ち着かせるように、「その無理を成し遂げようとしてるんです。物事を曲解して事実をねじ曲げてでも……。わかるでしょう? 今だって、なんの関係もない刑務官に益体《やくたい》もない質問をぶつけてます。曲解できそうな事実を探してるんです。ですからもし、疑いを持たれそうな都合の悪い事実があったら、私だけに伝えてください。責任持ってブロックしますから」

そのとき食堂では、伊達が右京に告げ口をしていた。

「僕から聞いたって言わないでください。増渕さんが田代さんのこと、目のかたきにしてました」

「増渕さんですか?」

「シーッ!」伊達が口の前に指を立てる。「田代さんが刑務所の秩序を乱す元凶だって言って……。田代さんは増渕さんを引き合いに出して、処遇部長に懲罰のあり方に改善の余地があるのではないかと直訴したらしく、そのことで増渕さんはチクられたと思ったようです」

「そんなことがありましたか」

「いずれここにいられないようにしてやるから、と増渕さんは田代さんを脅していました」

「いずれここにいられないように、ですか」右京は深くうなずいて、「ちなみにその諍《いさか》いはいつ頃のことですか？」

「九月の半ばぐらいだったと……」

そのとき食堂に足音が響いた。亘と増渕が戻ってきたのだ。増渕の顔を見て、伊達は居住まいを正した。


警視庁の旧特命係の部屋に戻って、右京が先ほどの伊達の打ち明け話を披露し、さらに自分の考えを述べた。

「増渕さんが美倉を使って田代刑務官を殺したっていうんですか？」

亘は信じられない思いだった。

「ええ、ふとそんな思いが頭をよぎりましてね」

「そりゃあ、ふたりの間に諍いがあったかもしれないけど、その際、『ここにいられなくしてやる』とか言ったかもしれないけど、そんなの一種の捨てぜりふでしょ。仮にやったとしたって、いじめ抜いて職場を追い出すとかせいぜいその程度ですよ。殺すなんて……」

まるで西洋人のように大げさな手振り身振りを交えて、亘が否定した。

「飛躍しすぎてますかね？」

「妄想に等しい」

そう断じる亘に、右京は小さくうなずいた。

「たしかに。忘れてください」

いつものように紅茶を淹れ始めた右京の背中に、なにか思いついたようすの亘が呼びかけた。

「諍いは九月中頃って、言いましたよね？」

「そうなんですよ」右京が手を止めて振り返る。「梅津が獄中死する少し前です。どうもこの辺りが僕の脳みそをおかしな具合に刺激したようです」

亘は慎重に考えをまとめながら、「梅津の異変を発見して、その死の瞬間、一緒にいたのは田代刑務官か……」

右京が我が意を得たりというように言い募る。

「例えばですよ、梅津の信者に、実は梅津源平は病死ではなく、田代刑務官に殺されたのだと告げたら？」

「かたき討ち！」亘が即答する。

「ええ、十分予想される展開です。もちろんその際に、刺客に選ぶのは信者であれば誰でもいいというわけではありません。自傷行為に及んで、信者を表明している連中を使うのは、むしろ危険でしょう。もはやコントロールのつかない連中ですからねえ」

「つまり、隠れ信者！」亘がまたも即答した。

「ええ、それも条件があります。田代刑務官が担当している工場で働いている隠れ信者」

「それが美倉だった」亘は右京の結論を先取りしたうえで首を傾げた。「本当になんでもかんでも事件化したいんですね、右京さんは」

「はい？」

「仮に増渕さんが美倉をそそのかして田代刑務官を殺させたとしましょう。でも……」

右京は亘を手で制し、その先のせりふを読んだ。

「どうやって増渕さんは田代刑務官が梅津を殺害したのを知ったか、ですね」

「その点についてご見解をどうぞ」

促す亘に、右京は「わかりません」と首を振った。

「そもそもですよ、田代刑務官が梅津を殺したと知ったら、増渕さんはそれを告発すれば済むじゃないですか。それで十分、田代刑務官を追い出せます」

「おっしゃるとおり」

右京が素直に認めたので、亘は呆れ果てたようだった。

「さっき妄想に等しいって言いましたけど、撤回します。妄想以下。お疲れさまでし部屋から出ていこうとする亘の背中に、右京が呼びかけた。

「嘘だったら?」

足を止めて振り返る亘に右京が続けた。

「でたらめだったとしたら、どうでしょう?」

「でたらめ?」

「田代刑務官が梅津を殺した、という話ですよ。そもそもそれは増渕さんの作り話だった」

「梅津はやっぱり病死だったってことですか?」

亘はいまだに懐疑的な態度を崩さなかったが、右京は構わず自分の推理を語った。

「梅津の病死を田代刑務官殺しに利用したわけですよ。もしそうであれば、田代刑務官を告発などできません。殺害の事実などないのですから。こう考えれば、増渕さんがどうやって田代刑務官の犯罪を知り、そしてそれをなぜ告発しなかったのかというふたつの疑問がクリアできます」

「屁理屈もそこまでいけば立派です」

「屁理屈も理屈の親戚。何も考えないよりはマシ。母方の祖父が、昔よくそう言ってました」

「つまり、増渕さんは、ありもしない殺人事件を美倉に信じ込ませたってことですね」

亘は右京の推理を一度認めるふりをして、非を暴いた。「どうやって？　そんなの簡単に信じやしません。そんなことが可能ならば、告発だって可能になるじゃありませんか」

ここで右京がしたり顔になった。

「ですから幽霊なんですよ。論理的に説明不能なことは幽霊に任すに限ります」

右京の推理に半信半疑となった亘が地下駐車場に行くと、捜査一課の伊丹と芹沢が待っていた。

「ちょっとお話ししたくて、お待ちしてました」

伊丹が頭を下げる。

「ここでずっと？」

驚く亘に芹沢が言った。

「部屋《うえ》行くと妖怪がいるでしょ」

捜査一課のふたりも刑務所の事件のその後が気になっていたらしい。亘が自分の車の中で右京の推理を話して聞かせたところ、伊丹が興味を示した。

「へえ、妖怪がそんなことを……」

「ちょっと整理させてくださいね」と芹沢。「ことの始まりは、受刑者の美倉成豪が田代刑務官を殺害した事件。ところが、取り調べで美倉は九月に獄中死した梅津源平が病死ではなく、田代刑務官によって殺されたと供述した。予想外の幽霊話にみんな引いた。我々も捜査から手を引いた……」

伊丹が引き継ぐ。

「ところが、冠城さんは今度は妖怪と組んで捜査を始めた。驚きました。冠城さんともあろうお方が妖怪とタッグを組むとは」

「なかなかお茶目な妖怪ですよ」

芹沢は亘のジョークをスルーした。

「まあああまあ、それはいいとして……。梅津源平殺害疑惑を追っていたところが、結局その話はでたらめで、今度は突如増渕刑務官による殺人教唆《きょうさ》疑惑が浮上したわけですね？」

「疑惑なんて上等なもんじゃない。単なる妄想、屁理屈、こじつけ」

苦い顔になる亘に、伊丹が進言する。

「経験からひと言申し上げてよろしいですか？　あの妖怪の妄想は侮れませんよ」

「屁理屈もこじつけも、相手を倒すための必殺技です」と芹沢が追随する。

「肝に銘じます。ところでこれ、なんのための情報収集ですか？」

「上層部《うえ》が気にしてましてね。ちょいと探りを入れて来いと」

伊丹が答え、芹沢が言い添えた。

「まあ我々に協力できることがあれば、いつでも言ってください」

その夜、亘は都心に建つホテルのラウンジに、西多摩刑務所に勤務する藤森と井川を呼び出した。亘がラウンジに到着したとき、すでにふたりの特別司法警察職員は到着していた。

ウエイターにオーダーしたあとで、亘がふたりに言った。

「電話でお伝えしたとおり、状況報告などしておこうかと」

「非常に嬉しいです。てっきり我々は蚊帳の外かと」

井川が謝辞を述べると、藤森が訊いた。

「調べのほうは、どんな状況なんです？」

「お聞きになってるんじゃありません？　警視庁のおふたりに。僕はあなた方が伊丹さんたちに探りを入れてほしいと頼んだと踏んでるんですが」

いとも簡単に見破られた藤森が開き直る。

「我々がお訊きしたいことは、一点に集約されます。杉下さんがおっしゃってるという件」

「増渕さんが美倉を使って田代刑務官を殺したのではないかという件ですか?」

あからさまに回答する亘に、藤森が顔を寄せた。

「刑務官による殺人疑惑が消える代わりに、刑務官による殺人教唆疑惑が浮上ではシャレになりませんからね」

「だから妄想です。屁理屈とこじつけ」

亘が笑い飛ばそうとしたので、藤森の頬も緩む。

「あなたの口からそれを聞いて安心しました」

亘がふたりの目を交互に見て言った。

「でも、安心するのはまだ早い。彼は明日から俄然その方向で動くと思います。所詮妄想ですから立証なんかできっこありませんが、しかし、変なところで揚げ足を取られないように注意は必要かと」

四

翌日、右京と亘が西多摩刑務所の所長室に行くと、いつも案内してくれていた増渕万里に代わって、落ち着いた風貌の刑務官が待っていた。

「中嶋良行《なかじまよしゆき》です」

「増渕が急に体調を崩して休暇を取ってしまったものですから……」

磐城所長の言葉を受けて、中嶋が腰を折る。

「事情は聞いております。ご要望はなんなりと」

それを聞いた右京がすかさず要望を述べた。

「早速ですが、捜検の実施記録を確認したいのですが」

事務所に移動した右京はつぶさに捜検の記録ファイルを調べ始めた。ややあって、顔を上げ、中嶋に確認する。

「十月一日に一斉捜検が実施されていますね。梅津源平が獄中死した直後ですが」

「ええ」

「このときの捜検の目的はなんでしょう？」

右京の質問に、中嶋はかしこまって答えた。

「捜検は刑務所の保安管理のために、法律で定められてることなんです。最も重要なことは逃亡防止のため塀や柵などを確認すること。それから、不正物品を隠し持っていないかを確認したり……」

右京が遮る。

「梅津の隠れ信者を探すといったことは？」

図星を指され、中嶋が決まりの悪い顔になる。

「まあ、そういったことも含めてですが……」

「このときの捜検で隠れ信者は見つかりましたか？」

「はい。新たに一名」

「ちなみにどうやって発見するのでしょう？　人の心の奥まではそう簡単にのぞけませんからねぇ。拷問というわけにもいかないでしょうし……。まさか、拷問ですか？」

「まさか！　そんなことがあるわけないじゃないですか！」中嶋は強く否定し、「前時代的な方法でお話しするのは気恥ずかしいんですが、領置していた梅津の私物を使って……」

「なるほど、踏み絵ですか。隠れキリシタンをあぶり出した要領ですね」

右京が納得していると、亘が割って入ってきた。

「刑務所で領置中の私物は個人の財産です。たとえそのとき当人は死んでいたとはいえ、私物をそういうふうに扱うのはいかがなものでしょう？」

「そうは言いましても、こちらも背に腹は代えられない状況でして、信者問題は特に深刻な……」

言い訳する中嶋を亘が手で遮った。

「特段問題化させるつもりはありませんから、大丈夫です」

右京がさっきまでの話の続きに戻る。

「どうやら美倉も梅津の隠れ信者だったようですが、このときに発見されていれば今回のようなことは起きなかったわけですね」

「ええ……」不承不承中嶋が認める。

「ちなみにこのときの十七房の捜検の担当者は、増渕さんだったようですねえ」

右京がファイルの該当箇所を指さした。「異常なし」という手書き文字の脇に増渕の捺印《なついん》がある。

「十七房といえば、美倉のいた房ですよ」右京の瞳がきらりと光る。「お見舞いに行ってみましょう」

「えっ？」

「増渕さんのお見舞いですよ。職員宿舎は同じ敷地内ですから、すぐじゃありませんか。ものの ついでです」

「わかりました」中嶋は右京に気圧《けお》されながら、「すぐ連絡してみますから……」

「いや抜き打ちで行きたいんですよ、捜検のごとく」

「どうしてですか？」亘が訊く。

「不意打ちは思わぬ事実をあぶり出しますからねえ」

悪びれずに言い切る右京に、亘が腹を押さえて申し出た。

「その前に、トイレいいですか？」

「ごゆっくりどうぞ」

右京と別れた亘はトイレにはいかず、増渕に電話をかけた。

——うちに今から？

戸惑う増渕に亘が告げる。

「あたふたさせるのは、申し訳ないと思って連絡しました」

——何しにいらっしゃるんですか？

「捜検について訊きたいようです。美倉のいた十七房の捜検について」


宿舎の部屋に上がり込んだ右京は、パジャマ姿の増渕に尋問を始めた。

「記録によれば、十月一日午後六時より、一斉に捜検が行われていますが、美倉は踏み絵をクリアしたわけですね。つまり、美倉が隠れ信者であることを看破できなかった。別の房を担当した刑務官は新たに一名、隠れ信者を発見したようですが、残念ながら、あなたは見逃してしまった」

自宅にまで押しかけてきた上に非難を受け、増渕の堪忍袋の緒が切れた。

「何が言いたいんだ？　え？　なんなんだ、あんたは！　俺が美倉を見逃したことが今度の事件を引き起こしたとでも言うのか！」

「まあまあまあ、落ち着きましょう。誰もそんなこと、言ってないでしょう」

亘が仲裁するが、増渕は頭に血が上っていた。

「あんた、どうかしてんじゃないか？　おかしなこじつけで、俺を陥《おとしい》れようとしてるらしいな」

「はい？　おかしなこじつけとは？　僕がいつあなたを陥れようとしましたか？」

右京から真顔で訊かれ、言葉に詰まった増渕はわざとらしく咳き込んだ。

「帰ってくれ。体調不良なんだ」

「わかりました。では体調が戻ったら、お話を聞かせてください」玄関に向かった右京が何か思い出したかのように立ち止まり、右手の人差し指を立てた。「あっ……ひとつだけ。ズボンが裏返しですよ。慌ててお召しになったのでしょうかねえ」

顔面が蒼白になった増渕はさらに激しく咳き込んだ。

右京は一旦中嶋と別れると、亘に疑問をぶつけた。

「このタイミングの休暇というのはどういうことなのかと考えていました」

「このタイミングって？」

「昨日の今日ということですよ。僕が増渕さんに対して、よからぬ妄想を抱いた翌日に休暇。単なる偶然なのかそれとも……。確かめたくなって、無理やり押しかけてみました。どうやら増渕さんは僕のよからぬ妄想の内容についてもご存じのようでしたねえ。あなた以外には話していない内容を……。まあ少なくとも、あなたと増渕さんが通じ合っていることは、あの慌てて着たようなパジャマでわかりました。あのとき、あなた以外に我々が押しかけるのを知らせる人物はいませんからね。あなたの狙いはなんですか？」

右京がずばりと攻め込む。こうなっては隠しごとなどできない。亘も覚悟を決めたようだった。

「あなたを利用して真実にたどり着くことかな」

「はい？」

「数日過ごしてみてわかったことは、右京さん、あなたは相手の守りをぐいぐい打ち破るタイプじゃありませんかね？　鎧の上からでも構わず細い矢を打ち放ち、二の矢三の矢を繰り出して、やがてひび割れたところに超弩《ど》級の矢を打ち込み、陥落させる。そういう人と組んでると、相手を懐柔しやすいんです。懐《ふところ》に飛び込みやすいっていうか、飛び込んでみて、もし相手が僕に気を許せばしめたもの。相手が裏切られたとわかったときは、もう手遅れです。正直、昨日のあなたの話はあんまりにもと思いました。でも案外、相手を揺さぶる材料としてはありかもしれないと思った。そしたら、ちょうど向こうから探りを入れてきたもんで……」

「向こうから？」

さすがの右京もそこまでは気づいていないようだった。

「藤森さんと井川さんです。伊丹さんたちを使って、こっちの状況を探ってきたんで、あえて情報を流してみた。増渕さんにも伝わるはずですから」

「そういうことがあったんですか」

感情を表に出さずにつぶやく右京に、亘が言った。

「鬼が出るか蛇《じゃ》が出るか。とにかく、何か反応があればそこから新たに切り込んでいけるかと思って……。過敏に反応しましたね。あなたの睨んだとおりかはわかりませんけど、増渕さん何かありますよ」

まさにそのタイミングで増渕から亘に電話がかかってきた。

「もしもし」

右京にも聞こえるように、亘は少し声のヴォリュームを上げた。

――ああ……増渕です。

「お前バカか？　なんだ？　さっきのザマは。あれじゃどうぞ、私の腹を探ってくださいって言ってるようなもんじゃねえか」

――すいません……。

「言っただろ？　杉下って人は、物事を曲解して事実をねじ曲げてでも無理を通そうとする人だって」

――焦ってしまって……。怪しんでましたか？　杉下さん。

「杉下さんどころか、俺だって怪しむよ。あんたなんか隠してんだろ？」

――いえ……。

「正直に言わねえと、俺は味方になれねえからな。よく考えろ」

増渕はまだ何か言いたそうだったが、亘は一方的に通話を終了した。そして右京に向き直る。

「これで彼は俺に借りを作ってしまったような気になる。こっちが有利に物事を進められるはずです」

「それはさておき、僕は物事を曲解し、事実をねじ曲げるように見えましたか？」

右京が冷たい視線を亘に浴びせた。

五

その夜――。

満月に照らされた西多摩刑務所の舎房で不気味な音が鳴り響いた。音の発生源は独居房。独居房に収容された梅津の信者たちが、一斉に拳や額で扉や鉄格子をたたき始めたのだ。重たい金属音の律動が夜の刑務所を支配する。

異変を察知した刑務官が独居房の並ぶ廊下に駆けつけたときには、騒音はさらに激しくなっていた。

「静かにしろ！　何をやってるんだ！　大人しくしろ！」

刑務官の制止の声も騒音でかき消されるほどだった。ひとりの刑務官がひときわうるさい独居房の視察孔から中をのぞくと、荒木秀典が拳を扉にたたきつけていた。刑務官がたまらず扉の鍵を開ける。荒木はその瞬間を待っていた。入ってきた刑務官に椅子で殴りかかり、倒れ込んだ刑務官の腰から鍵を奪う。そうするうちにふたりめの刑務官が入ってきたが、荒木はそちらも力いっぱい殴りつけて昏倒《こんとう》させた。

自由を手に入れた荒木は、奪い取った鍵で独居房の扉を次々に開けていった。数分後、解放された信者たちは刑務官ひとりを人質にとって、舎房に立てこもったのだった。信者たちは口々に、増渕の名を呼んでいた。

「反乱だと！」

非常事態の連絡を受け、所長の磐城賢三が所長室にやってきた。

「信者たちです！」教育部長の大谷真治が報告する。「刑務官一名、人質に取られています」

「で、なんか要求してるのか？」

「増渕を連れて来いと」

処遇部長の長尾朗の声は上ずっていた。

その頃、独居房の並ぶ舎房の廊下では、信者たちと刑務官たちの睨み合いが続いており、一触即発の状態だった。

「増渕先生はまだですか？」

荒木が声を張り上げる。刑務官の中嶋良行が受刑者をいたずらに刺激しないようにやわらかい口調で言った。

「増渕は今日病欠なんだ」

荒木が人質の刑務官の首に回したひもを引き絞る。

「つまらない引き延ばしをするならこうしますよ！」

苦痛に顔を歪める人質を見て、中嶋が言った。

「待て待て！　今呼びに行ってる！　まもなく来ると思う」

同じ頃、右京のスマートフォンが鳴った。ディスプレイには「冠城亘」の文字が浮かんでいる。

「もしもし、どうしました？」

――たった今、増渕さんから電話があって、「殺されるので、助けてください」と。

「殺される？　どうして殺されるんですか？」

――詳しいことは行ってみないとわかりません。

右京は愛車に飛び乗った。

増渕万里の部屋の前では、藤森喜郎と井川茂が、増渕に外へ出てくるよう説得していた。しかし、増渕は部屋にこもって出てこようとしなかった。右京と亘の姿を認めた藤森がねぎらいの言葉をかける。

「これはこれは、とんだ時間にようこそ」

「殺されるので、助けてくれ、という電話をもらったもので」

亘が簡潔に説明すると、井川がうなずいた。

「まあ、相手は人質を取って増渕を連れて来いって言ってるわけですから、そう思っても無理はないかもしれませんが……」

「いずれにしても、ここは我々に任せてもらえませんか？」

「わかりました」

右京の申し出を了承して、藤森と井川が脇へどく。亘がドアの前に立ってノックした。ドアスコープで相手を確認した増渕が、ようやくドアを開けた。

亘はすばやく玄関に入り、「殺されるんだって？　どうして？」と語りかけた。

増渕はすっかり怯えていた。

「あいつら、私を恨んでるに違いない。もちろん逆恨みですよ。私は厳格に接してきただけですから」

「とは言うものの、少なからずいじめていたという自覚があるからそうお思いになるんじゃありませんか？」

右京の皮肉に、増渕が声を荒らげる。

「私はいじめてなんかいませんよ！」

「まあああま……」

亘がとりなそうとしたが、増渕の怒りは収まらない。

「あんたつくづく無礼な人だな……！」

「お気に触ったならば謝りますが、ここでこうしていてもらちが明きませんよ」

「どうすればいいですか？」

増渕は亘に判断を仰いだ。

「俺たちの言うこと聞く？　悪いようにはしないけど」

舎房ではいまも受刑者たちと刑務官たちの睨み合いが続いていた。そこへ刑務官の人混みをかき分けながら、井川と藤森がやってきた。後ろに制服制帽をまとい、マスクをつけた増渕を連れていた。他に四名の刑務官姿の男も一緒だった。

増渕の顔を確認した荒木がにやりと笑う。

「風邪っぴきのところ、すみませんね先生。こっちおいでよ、ひとりでね」

「俺になんの用だ？」

その声が震えているのはマスク越しでもわかった。

「来ればわかる。先生がこっち来たら、こっちの先生は解放するから」

増渕はそろそろと前進したが、途中で咳き込んで倒れてしまった。増渕に付き添っていた刑務官三人が駆け寄る。

「おい、大丈夫か？　しっかりしろ」

もうひとりの刑務官がその前に出て、信者たちに警告する。

「おい、お前ら！　この犯罪者ども！　更生のためにここに来てんだろ！　おかしなこと考えるな！　わかったか」

「先生、見ない顔ですね」

荒木が言うのももっともだった。その男は刑務官の制服制帽を着用した亘だったからだ。

「俺？　今日着任したばかりだ」

亘が信者たちの注意を引きつけている間に、その背後では増渕が背格好の近い芹沢と入れ替わっていた。他のふたりは刑務官に変装した右京と伊丹だった。

入れ替わりが終了し、立ち上がった芹沢が顔を伏せて荒木に近づく。至近距離に達したところで、強烈なパンチを荒木の顔面に浴びせた。それを合図に伊丹が飛び出し、背後から刑務官や警備隊員が突進した。

廊下は大乱闘となるが、やがて受刑者側が制圧された。

「なかなかいいこけ方でしたよ」

廊下の隅でじっと固まっている増渕に右京が声をかける。

「いえ……怖くて、本当に足がもつれてしまって……」

「そうなの？」亘が大げさに驚いてみせる。

そこへ刑務官に扮した伊丹と芹沢がやってきた。受刑者との格闘でもみくちゃにされ、乱れた服装を繕う余裕は見られない。

「俺たちは力仕事で、おふたりは高みの見物ですか！」

「腕っ節に自信がないものですからねえ……」

しれっと言い放つ右京に被せるように亘が、「協力できることはいつでも言ってください」っておっしゃったから、お願いしたんです」

「あんなの社交辞令ですよ！」

芹沢が恨みがましく抗議した。

六

大立ち回りのあと、深夜の取調室で荒木の事情聴取が行われた。

「目的は？　増渕刑務官をどうするつもりだった？」

伊丹の質問に荒木は「殺すつもりでした」とふてぶてしく答えた。

「どうして殺すの？」芹沢が呆れた声を出す。

「田代刑務官のかたきを取るためです」

「またかたき討ちかよ」伊丹が舌打ちする。

「それってさ、増渕刑務官が田代刑務官を殺したように聞こえるんだけど、そういうこと？」

「はい」

「田代刑務官を殺したのは美倉だろ？」

伊丹が確認するが、荒木は答えない。そこで亘が前に出た。

「殺したのは美倉だけど、美倉にそうさせたのは増渕……そういう意味か？」

「はい」

確信ありげに肯定する荒木を挑発するように井川が訊く。

「なんでお前にそんなことがわかるんだよ。田代刑務官の幽霊でも出たか？」

「幽霊ではありませんが、そうだと聞きました」

「聞いた？　誰から？」

「伊達先生からです」

予想外の名前に、一同は顔を見合わせた。

伊達宏の事情聴取は翌朝行われた。緊張して固くなる若き刑務官に、質問の口火を切ったのは藤森だった。

「どういうことなのか説明してくれないか？」

「自分も聞いたんです」伊達が答える。「美倉と同房だった木村《きむら》から……。増渕さんが美倉を使って田代刑務官を殺したって」

「そんな愚にもつかないチクリを鵜呑《うの》みにしたのか？」

藤森の非難も気にせず、伊達はとうとうと証言を続けた。

「捜検のとき、美倉が隠れ信者だったことがわかったそうです。美倉は踏み絵をクリアできなかった。でも、増渕さんはそれを不問に付した。木村たち同房の連中は驚いたそうです。あの増渕がって。もちろん連中がそんなできごとを口にできるわけもなく、とにかく何か魂胆があるんだろうって房内でのヒソヒソ話で済ませていたある日、増渕さんから要請があった。美倉に幽霊を信じさせるのを手伝えと。バカバカしいと思っても連中は断れません。拒否すれば難癖つけられて懲罰房行きですから。首尾良く美倉はだまされて……田代刑務官を殺したそうです」

「そこまで聞いておいて、どうして上司に報告しなかった？」

藤森が叱責する。

「しましたよ。でも、取り合ってもらえなかった。お前は担がれてるんだ。懲役の中にはたちの悪い奴がいるから気をつけろって」

「だとしても、なぜそれを信者に？」

井川の質問で、ついに伊達が本音を暴露した。

「増渕がひどい目に遭えばいいと思って。信者たちも田代さんだけには一目置いていたから、その田代さんを増渕が殺したと聞けばあいつをこてんぱんにしてくれるんじゃないかと期待して……」

「真偽のほども確かめずにか？」

「真偽なんてどうだっていいんです。要するに相手がそれを信じるか信じないか……。あなた方、なんで余計なまねをしたんですか？　増渕なんか消えてなくなったほうが刑務所のためだったのに。あいつのために、更生の芽を摘まれた受刑者はたくさんいますよ……！　受刑者だけじゃない。刑務官だってむちゃくちゃにされてる。自分もめちゃくちゃだ。でも、自分は本当はもっとちゃんと受刑者の更生を助けたいんだ！　受刑者に難癖つけていじめるなんてそんなことしたくないんだよ！」

最後は涙声で訴える伊達に、亘が厳しい声をかけた。

「したくなきゃしなきゃいい。自分の理想とする刑務官になったらいい。実際、田代刑務官は信念に従って受刑者に接していたわけだろう?」

伊達は涙の溜まった目で亘を睨んだ。

「ええ。そのせいで増渕に殺されましたけどね」


「増渕さん……増渕さ〜ん……」

増渕は遠くで呼ぶ声で目を覚ました。

目を開けても真っ暗で何も見えない。しかし、まだ声は聞こえていた。

「だ……誰だ?」

「田代ですよ。お忘れですか?」

「なんだと?」

目が見えないばかりか、体の自由も利かない。どうしたことだろう。増渕はパニックになりそうだった。

「あなたの策略で殺されましたが、私は決してあなたを許さない」

その言葉で増渕は気づいた。これは誰かが自分にいたずらをしかけているのだと。おおかた布を被せるかどうかして視覚を奪い、何人かで布団の上から押さえつけて体の動きを封じているに違いない。

「放せ! 放せ! つまらないまねはやめてくれ」

大声で叫ぶと、ようやく拘束が取れた。室内の照明もつけられた。ここは増渕が一時的に収容されている独居房、耳元でささやいていたのは杉下右京だった。傍らには亘のほか、伊丹、芹沢、米沢の姿があった。

「やはり、あなたは引っかかりませんね。幽霊らしくと言われて少々手こずりましたが、いかがだったでしょうか？　突如耳元で声がする。目を覚ますが何も見えない。しかも、体の自由も利かない。つまり、意識はあるのに真っ暗闇で金縛り状態だと感じるわけです。そんな一種のパニック状態の中、耳元の声をどこか異次元からのものだと錯覚するのは自然なこと……子供のいたずらですよ」

　右京が幽霊の謎を解いていく。しかけた増渕本人にとっては自明のことであった。

「簡単にできますが、絶大な効果があります。特に目を開けているのに何も見えないというのは恐怖を煽《あお》ります。あなたの場合、田代刑務官の声をよくご存じでしょうし、一瞬でも冷静になればいたずらだと見破れるでしょうが、美倉の場合はどうでしょう？　梅津源平とは接触がなく、つまり声を聞いたことがない。梅津と名乗った耳元の声を信じてしまっても、決しておかしくはありません。梅津を神聖視している状態にあるのですから、なおさら信じやすくなっているでしょうしねえ。さらに念を入れるために、美倉を朦朧《もうろう》とさせる何かを使ったのかもしれない。事実、死んだ梅津の告発だと信じて疑わず、美倉は田代刑務官を殺害するに至ったのですから」

増渕は怒りを幽霊の正体を見破った右京ではなく、その説明をそばでじっと聞いていた亘にぶつけた。

「あんた……味方だって言ったじゃないか」

「言ったよ」亘は平然と言った。「だから正義の味方だ」

幽霊の一員として増渕を押さえつけていた伊丹が増渕に迫った。

「殺人教唆、認めるな？」

「誰が俺をチクった？　あのクソどものうちのどいつだ？　木村か？　それとも他の奴か？」

逆ギレした増渕が唾を飛ばしながら、密告者を探ろうとする。

「そんなこと聞いてどうする？」

亘の質問に、増渕がにやりと笑った。

「懲罰ですよ。ひどい目に遭わせてやるんだよ！」

もはや正気を失いつつある増渕に、亘が冷酷に告げた。

「信者にお前を売った奴は教えてやる。お前の部下の伊達だ」

「フフ……フフフフ……。ハハッ」増渕が憎しみのこもった笑い声をあげる。「あいつか……。あいつは刑務官に向いてないよ」

増渕の取り調べが終わり、舎房の外の喫煙スペースで四人の男が密談をしていた。

煙草《タバコ》の煙を吐きながら、藤森が伊丹と芹沢に持ちかける。

「増渕はお任せしますよ。そちらで送検してください。受刑者の犯罪ならば容赦しないが、刑務官となるとね、気が重い」

「ここだけの話です」

井川が声を潜めて付け加えると、伊丹も煙草に火をつけた。

「増渕をよこす代わりに、美倉はそっちによこせってことですか？」

「美倉については、ちゃんと事件送致しますので。仲よく半分こ、平和にいきましょう」

井川の言葉に、芹沢がうなずいた。

舎房の中では増渕の取り調べに加わっていた米沢が、荷物を片付けながら右京と亘に話しかけていた。

「結局、梅津源平は病死だったんですね。田代刑務官にとっては、とんだぬれぎぬでしたな」

反応を示さずずっと窓の外を見ている右京に亘が訊く。

「どうしました？」

右京は窓の外に視線をやったまま、「連絡方法のことがずっと気になっていましてね。

信者たちはどういう方法で連絡を取り合い、一斉に騒ぎを起こしたのか……」

「それについて奴らは簡単に口を割らないでしょう。荒木もその点は完全黙秘だったでしょう?」

亘が額にしわを寄せたとき、右京がはたと手を打って振り返った。

「本……!」

「本?」

「刑務所ではたしか受刑者に本を貸し出していましたよね?」

「ええ」亘が首肯《しゅこう》した。「俗にいう官本ってやつです。一応図書館もありますからね、名ばかりの」

「なるほど」米沢が右京に視線を向けた。「その貸し出し本が通信手段に使われたのではないかということですね? 信者なる連中に共通して貸し出されていた本を調べれば、何か手掛かりがつかめるかもしれませんね」

「官本が通信手段に用いられる可能性があることについては刑務所も想定済みです。返却された本はチェックしますから。書き込みはもとより、ページに折り目がついただけでも懲罰の対象ですよ」

亘は否定的だったが、右京はすでに別の可能性を考えていた。

「それはわかっていますが、例えば貸し出し担当官が梅津の信者だったとしたら、どうでしょう？　梅津の信者になるのは受刑者だけとは限りません。刑務官の中に隠れ信者がいたとしてもおかしくありませんよ」

藤森と井川が取調室にひとりの刑務官を呼び出した。図書の管理を担当する坂崎保《さかざきたもつ》という刑務官だった。右京と亘も同席した。

戸惑いを見せる坂崎を着席させて、藤森が一冊の本を掲げた。

「調べたところ、この詩集が信者全員に貸し出されていた。中を見ると本文の必要な文字に印がついている」藤森が印のついた文字を指さしていく。「『し』……。『ん』『や』。『二』『時』。『い』『つ』『せ』『い』『に』。『深夜二時一斉に』。順に読むとちゃんと意味を成す文章だ。今回それを使って、信者たちが情報を共有していたことは明らかだ。なぜチェックを怠った？　うっかり見逃すというレベルじゃない」

藤森の厳しい叱責に、坂崎の顔が強張《こわば》った。そのようすを見て右京が挑発した。

「受刑者がこのような詩集に興味を持つでしょうかねえ。いや、あえて、それを狙ったのだとすれば合点がいくのですがね、坂崎さん」

「まさか刑務官にまで梅津の信奉者がいたとはな……。なんとか言ったらどうだ！」

藤森がどなりつけたとき、井川が一冊の手製の本を持って入ってきた。

「彼のロッカーにこんなものが。何人かの刑務官によれば、梅津の所持品ではないかと

「……」

「勝手に触らないでください」

抗議する坂崎に、藤森が訊いた。

「梅津の本なのか？」

「そうです。『源氏物語』の写本です」

「ちょっと拝見」

右京が手を伸ばす。

「だから勝手に触らないで！」

「汚したりしませんよ」

坂崎の再度の抗議を無視して右京が写本を開くと、古語のひとつひとつにふりがなが振ってあった。

「梅津の私物をどうやって手に入れた？」

藤森の尋問に、坂崎が開き直って答える。

「田代のロッカーにありました。殺されたあと、遺品を整理しているときに見つけて……。ひょっとしたら田代も隠れ信者だったのかもしれませんね」

右京はふりがなのところどころに印がついているのを見つけた。

「書き込みが多量にあり、勉強の跡がうかがえますが、ほら、それとは別にかなを抜き出すように、ところどころ印がつけてあります。今、印の順番にかなを読んだのですが、『次がきたら決行や』、そう読み取れますね」

「決行って……？」

亘は驚きを隠せないようだった。

「何やら物騒な響きですねえ」

「梅津は何か企んでたのか？」「暴動とか……」

憶測を述べる藤森と井川を右京が制する。

「まだ続きがあります。『せ』『ん』『せ』『に』『い』……『わ』……『れ』『た』『ら』『そ』『う』『せ』『な』『あ』『か』『ん』……」

「先生に言われたらそうしなきゃ駄目って意味ですか？」

亘が確認すると、右京は「おそらく」とうなずいた。

「まさか田代……？」

先生という言葉に井川が反応すると、藤森が呼応する。

「田代が梅津と結託して何か企んでたとでもいうのか？」

しかし、右京の頭には別の考えが浮かんでいた。

「どうやら我々はひとつ大きな可能性を見逃していたようです」

七

右京と亘は慈光が住職を務める寺へ行った。庭を掃き清めていた慈光に右京が梅津の死の真相を語る。

「そうだったんですか……。やはり梅津さんは病死だったんですね」

「たしかに病死です。しかし自殺でした」

驚いて箒《ほうき》の手を止めた慈光に右京が梅津の写本を見せる。

「これをご存じですか？」

「『源氏物語』の写本です。私が勧めたんです。梅津さんが、『刑務所に持ち込めるやつでむちゃくちゃやらしい本ありまへんか？』などと困らせるようなことをわざと言うものだから……。だったら『源氏物語』でも読めばいい、それも写本がいい、読めるものなら読んでみろと」

右京が写本を開く。

「広げてみると解読するための格闘の跡がありますが、実はこの中に気になる文章を発見したんですよ。必要な文字を抜き出して文章化したものですが、『次がきたら決行や』『先生に言われたらそうせなあかん』。梅津源平は次に『何が』きたら『何を』決行するつもりだったのか？　そして『先生』とはいったい誰のことなのか……」

右京が一旦言葉を切って、住職の目を見据えた。

「『何が』に『発作』、『何を』に『自殺』、そして『先生』にご住職……あなたを当てはめてみると一気に真相が見えてきたんですよ。次に発作が起きたら、自殺を決行する……。その決意どおり、梅津は九月二十八日の昼過ぎに発作を起こした際、異変に気づいて駆けつけた田代刑務官が助けを呼ぼうとするのを、押しとどめたのではないでしょうか？　通報を受けた石井先生が駆けつけたとき、梅津がすでに心肺停止状態だったのはそのせいだったんですよ。間違いなく病死です。しかし、そのときに本人の死のうという明確な意思があったならば、それは自殺と呼ぶべきでしょう」

右京はここで右手の人差し指を立てた。

「さて、ここで疑問がひとつ。もしもそのような状況であったのならば、なぜそれを田代刑務官が報告しなかったのか？　恐らく田代刑務官は、今際《いまわ》の際《きわ》の梅津から自分がなぜそうするかを聞いたのではありませんかねえ」

右京の言葉を、亘が継いだ。

「梅津の隠れ信者でもない田代刑務官がそれを持っていたのは、遺品整理で中を検《あらた》めたとき、今際の際の梅津の言葉を裏づけるような文章が読み取れたから……」

「ええ」右京が再び発言権を奪う。「『先生に言われたらそうせなあかん』……この一文です。つまり、梅津はあなたに従って自殺をした。その時点では、その真偽のほどは定かではない。梅津の一方的な言い分ですからねえ。田代刑務官ならば、それを確かめたと思うのですが、いかがでしょう？」

右京に詰問され、慈光は意を決して、「はい」と答えた。

「で、真偽のほどは？」

亘の質問に慈光は視線を遠くに投げかけながら答えた。

「梅津さんはそんなつまらない嘘はつきません……そう申し上げました」

「つまり、あなたが梅津を自殺へ追い込んだ……。そういうことですね？」

亘が確認すると、慈光は「結果的にはそうなります」と答えた。

慈光の頭に教誨室での一場面がよみがえった。食堂で暴動を起こした梅津に対して、教誨をおこなったあのときの場面――。

「私は間違っていたんだ。いつだったか……私を創造主だと言ったね。もしそうなら……私がつくったのは失敗作だった。あなたの存在は私の罪だ。でも、その罪をどう償えばいいのか私にはわからない……。ただひとつ言えることはあなたが存在し続ける限り、私はその罪にさいなまれる」

慈光は悩み苦しんだ。教誨師に失敗作と言われた梅津は、「堪忍やで、先生。僕、先生を苦しめとうない……。ほんま堪忍やで」と目を潤《うる》ませたのだった――。

住職の回想を聞いて、亘が静かに言った。

「梅津はあなたの苦悩を見て取って……」

「ええ、死んでくれたんです。『僕は失敗作なんや』……そう言って、息を引き取ったそうです」

「その話を聞いて田代刑務官はなんと？」

右京の質問に慈光は悲痛な表情になる。

「『今後の身の振り方は先生ご自身でお考えください。ただ、これだけは言わせていただきます。あなたに教誨師の資格はない』。そう非難されました。当然です。私は直ちに教誨師を辞退すべきです。わかっていました。でも、いざとなるとなかなかふんぎりがつかず、ぐずぐずしているうちに……」

「田代刑務官殺害事件が起こった」

先を読む右京を受けて、亘が自分の考えを述べた。

「御仏《みほとけ》の慈悲……とでも思いましたか？　真実を知る田代刑務官は死んだ。これで、ほっかむりしても平気だと。俺だったらそう思うかもしれない。追い詰められたとき、人間なんてみんなそうですよ。どんなに汚れた惨めな助け船でも、すがって助かろうとする……。梅津みたいな潔いのはある意味、人間じゃないのかもしれない」

「あなたの見解には異論がありますが、それはまた次の機会に」右京は亘から慈光へ視線を向け、「さて、今回の件の決着をつけなければなりません」

「はい」慈光は重々しくうなずくと、写本を手に取り、「彼はなぜこんなところに手掛かりを残したんでしょう？　どうして死の間際、田代さんに私のことを話したりしたのでしょう？」と右京に訊いた。

「そんなこともわかりませんか？」右京の眼差《まなざ》しが険しくなる。「あなたのために消え去ったという証拠を残すためですよ。心臓発作を自殺に利用したわけですからね。通常ならば、誰も自殺などとは思いません。しかし、梅津はわかってほしかった。あなたのために、自ら命を捨てたということを……。大勢の罪人をよき道へ導く中でいつしかあなたは自分自身を悪しき道へ導いてしまっていた。そういうことでしょうかねえ」

手を合わせ祈る慈光の耳の奥に梅津の声が響いた。

——僕ね、先生が死ね言うたら死にますわ。

慈光の口からむせび泣きが漏れた。

法務省の事務次官室では日下部彌彦が西多摩刑務所長の磐城に電話をかけていた。

「いろいろな厄介事を抱え込んでいたみたいですね。とにかく詳しく話をうかがいたい。あなたも含め関係者の処遇はそれからにしましょう。明日にでもご足労願えますか？」

——事務次官のところへですか？

「こちらから出向きましょうか？」

──あっ、いえいえ……とんでもないです。

「では、よろしくどうぞ」

受話器を下ろした日下部に亘が話しかける。

「そんなの事務次官の仕事じゃないでしょう？」

「いちいちうるさいんだよ、お前は。とにかくご苦労だったな」

「いい暇潰しになりました」

「いい機会だから戻ってこい」

事務次官が誘ったが、はねっかえりの法務官僚は「まだ出向して半年です」と突っぱねた。

「関係ないよ。俺が戻ってこいと言ってるんだ。嫌か？」

「もうしばらく自由にさせてもらえると、ありがたいんですが……。ちょっと楽しくなってきたんで」

「駄目だ。戻れ。どうしても嫌なら辞表を出せ。ならば、警視庁で楽しむのも勝手だ。まあいい。猶予をやろう。その間に腹を決めろ」

日下部の提案に亘が興味を示す。

「猶予ってどれぐらいですか？」

「そんなもの、俺の気分次第だよ」

日下部は思わせぶりに笑った。

警視庁の旧特命係の部屋で右京が紅茶を飲みながら刑務所の事件の載った新聞記事を読んでいると、首席監察官の大河内春樹《おおこうちはるき》がやってきた。

「あこれは……。お久しぶりです」

丁寧に挨拶する変わり者に大河内は渋面で応じた。

「無期限停職処分中の身でありながら、我が物顔に庁舎内を闊歩《かっぽ》されるのは困りますね」

「特に闊歩はしていませんが……以後慎みます」

大河内が渋面のまま、警察手帳と身分証を取り出し、右京が読んでいた新聞の上に置いた。

「明日からはこれを使ってください。処分解除です。ああ……お礼ならば、甲斐さんに」

刑事部長室では内村完爾が甲斐峯秋を非難していた。

「まったく余計なまねを……！」

「はあ……」腰巾着の中園照生が腰をかがめ、「ずっと処分解除の機会をうかがっていたようです。降格は緊急避難的措置ですから、あのお方の鶴の一声は相変わらず強力です」

「イヤ～な予感がする」内村が苦虫を嚙《か》み潰したような顔になる。「舞い戻った杉下ももちろんだが、あのお客さまだ」

「冠城亘ですか？」

「今回のことに味を占めてきっと暴走するぞ、あの男は」

警視庁に登庁した亘は、使っていた小部屋に「特命係」というプレートがかかっているのを見て、足を止めた。部屋の中では右京が木製の名札をボードにかけようとしていた。

「おはようございます」

「おはようございます。ああ、冠城さんは、そちらの机を使ってください」

「さんづけはやめてください。呼び捨てで構いません」

亘の申し出をしばし頭の中で考慮して、右京が言った。

「ならば冠城くん……それでいいですかね？」

「まあ、お好きにどうぞ」

「ところで出向はいつまでの予定ですか？」

「気が済むまでかな?」亘はとぼけるように答え、「あっ、改めてよろしくお願いします」とお辞儀した。

「こちらこそ。よろしくどうぞ」

右京が慇懃に答え、ともかくも新しい特命係に新しい相棒が誕生したのだった。

第二話「或る相棒の死」

一

　埼玉県の人気《ひとけ》のない雑木林の中、ひとりの男の姿があった。男の名は冠城亘。警視庁に出向中の法務省エリート官僚だった。いつになく緊張したような面持ちで、ふだんはかけていない眼鏡をなぜかかけている。縁の太い武骨なデザインの眼鏡だった。

　亘は手頃な枝がないか物色すると、ある一本の枝に目をつけたようだった。そして、おもむろに強度のありそうなロープを鞄から取り出した。ロープの一端を放り投げて枝に引っ掛けると、もう片方に輪っかを作った。それはまるで首吊り用のロープのようだった。


　警察庁の甲斐峯秋は自室に杉下右京と大河内春樹を呼ぶと、抹茶を点《た》てた。

「時間があるのでね、近頃お茶に凝ってるんだ。さあさあ、どうぞ」

　峯秋の勧めに応じて、右京が「そうですか」と答えると、大河内は茶器に口をつけて味わった。

「おいしいです」

「どうかね？　例のお客さんのようすは」

峯秋が探るような視線を右京に向ける。

「どうと言われましても。僕にとって冠城くんは、お客さんというよりただの同居人ですから。別段、気にかけてもいませんが」

「大河内くんがね、君に訊《き》きたいことがあるそうだ」

「なんでしょう?」

「冠城氏がより高いレベルの情報へのアクセス権を申請してきました。彼が調べたいのは埼玉県警の情報のようなんですが……」

顔を曇らせる首席監察官に対し、右京は「仕事に熱心で、何よりですねえ」ととぼけて見せた。

「法務省の人間が何を調べているのか気になりましてね……。冠城氏に何か変わったところはありませんか?」

「変わったところですか。さあ、僕には……。お話はそれだけでしょうか? では僕はこれで」取りつく島もなく立ち去ろうとした右京が、何かを思い出したように立ち止まった。「あっ、そういえば……」

大河内が期待を込めて右京を眺めた。

「なんですか?」

「冠城くん、最近、眼鏡をかけ始めました」

「どうぞ、行ってください」

歯嚙《はが》みをしながら大河内が右京を追い払おうとする。

「では」と改めて踵《きびす》を返す右京を、今度は警察庁長官官房付の峯秋が呼び止めた。

「ああ……杉下くん、お茶を飲んでから帰ればいいじゃないか」

「いただきたいところですが、一日に摂取できるカフェインの量は紅茶で足りていますので」

慇懃《いんぎん》無礼に言い放つ右京に、峯秋の目が険しくなった。

「行っていい」

「失礼します」

右京は丁寧にお辞儀をして退室した。

特命係の小部屋に組織犯罪対策部の大木長十郎《おおきちようじゆうろう》と小松真琴《こまつまこと》がいた。亘がコーヒーを振る舞おうと招待したのだ。亘は自ら用意したコーヒー豆をミルで挽《ひ》き、時間をかけて抽出した。

「いただきます」

大木がカップに口をつけたところへ、上司である角田六郎がふらっと現れた。

「コラッ、お前ら。コーヒー淹《い》れてもらうなんて……。こちらお客さまだぞ」

大木と小松が「すいません」と頭を下げると、亘が仲立ちに入った。

「僕が勧めたんです。味はどうですか？」

「おお……うまいっすね、これ」大木がほめそやす。「ブルーマウンテン？」

「いや、違います。あまり高くない豆をブレンドして、ブルーマウンテンに近い風味を再現してみました」

「ぬるいけど濃厚でうまいな」

小松も絶賛するのを受けて、亘が得意げに語る。

「通常のドリップコーヒーは、約十グラムの豆を使い百四十ccのコーヒーを抽出する」

「そうなんですか？」

コーヒー好きだが味にはさほどこだわらない角田が感心する。

「僕が好むのは三十グラムの豆で七十cc。つまり通常の六倍の濃度のコーヒーです。淹れる際、六十度の低温のお湯を使いネルドリップで手落としする。蒸すだけで六分、抽出に三分。そうして淹れたコーヒーはまるでビターチョコのような甘さがある！」

「そりゃすごい」亘の蘊蓄《うんちく》に角田は目を丸くしたが、「でも、まあ俺はいつものコーヒーでいいや」と元も子もないような発言をして、コーヒーメーカーのサーバーからマイマグカップにコーヒーを注《そそ》いだ。

そこへ右京が戻ってきた。

「おや、皆さんおそろいで」

「ああ、どうも」角田は部屋の主に手を挙げて合図すると、そそくさと部下を追い立てた。「ほら、お前ら行くぞ」

去っていく組織犯罪対策部の面々を見送りながら、亘が挨拶した。

「おかえりなさい」

「どうも。ほう、本格的ですね」右京はコーヒーに向けた目を亘の革靴に転じて、「冠城くん、靴に土がついていますよ」

「あっ……さっき、そこの公園で休憩したときについたんでしょう」

「そうですか」

亘は野暮ったい眼鏡をかけると、「失礼します」とそそくさと部屋から出ていった。

「いってらっしゃい」

右京は亘が立ち去ったのを確認してから、床に残った亘の靴の土を採取して、鑑識課の米沢守に分析を依頼した。

しばらくして、分析を終えた米沢から右京に報告が来た。

「ふたつの土は成分が違いますな。まったく違う場所の土です」

「冠城くんは靴についた土を公園のものだと言った。しかし、調べたところ土の成分は公園のものではなかった。つまり、彼は僕に嘘をついたことになりますね」

右京の言葉に米沢が仰天する。

「えっ？　あれ？　冠城さんのことを調べてたんですか？」

「いけませんか？」

「いや……やりすぎというか、あなたらしいというか……。冠城さんは何か隠しているということですかな？」

米沢の問いかけに、右京が同意を示した。

「気になりますねえ」


亘はとある喫茶店のカウンター席に座り、マスターがネルドリップでコーヒーを淹れるのを見ていた。マスターは亘が特命係の部屋で披露したのと寸分違《たが》わぬ方法で、コーヒーを淹れた。デミタスカップに濃いコーヒーが溜まっていく。

時間をかけてそのコーヒーを味わった亘は眼鏡をかけて店を出た。人気のない夜の地下道を歩いていると、背後から足音が響いてきた。フルフェイスのヘルメットを被った男が近づいてくる。危険を感じて振り切ろうと前を向いた瞬間、同じ恰好をしたもうひとりの男がいきなり亘に体当たりしてきた。亘は思わずよろめいた。

「あら、急に飛び出してくるから。ごめん。大丈夫か？」

ぶつかった男が形ばかり謝ると、背後の男が追いついて言った。

「余計なことは調べるな。意味はわかるな？」

「余計なことでなければ、調べてもいいって意味ですか？」

亘が挑発するように答えると、背後から来たほうの男がわざとらしく「ハッ……ハッ
クション！」とくしゃみをし、亘に頭突きを食らわせた。

「すまん、季節外れの花粉症だ」

「手帳を渡せ」

最初に当たってきた男が亘に迫る。

「手帳なんかありません」

拒否する亘にふたりのヘルメット男が実力行使に出ようとしたその瞬間、地下道に、

「何をしてるんです？」という声が響いた。右京だった。

二名の不審者が亘を脅すのを諦めて逃げ出す。右京は猛然と追いかけたが、ふたりは
地下道の出口付近に停めてあったバイクで逃走してしまった。

追跡を断念した右京が戻ると、亘は切った唇を押さえていた。

「大丈夫ですか？」

「ええ……。右京さん、足速くないですか？」

「普通です」

「なんでここにいるんですか？」

「街を歩いていたら君と似ている人を見かけたので、声をかけようと思っていたんです。そしたらこんなことに……」

いけしゃあしゃあと答える右京を見て、亘が首を振る。

「尾行してたわけですか。まったく警察っつうとこは……」

「はい？」

「用事があるんで失礼します」

ひとりで立ち去ろうとする亘に追いすがるように右京も歩き始めた。

「僕も一緒に行きましょう。ひとりで何かをお調べのようですが、捜査というのはふたりひと組で動くのが基本ですよ。彼らのように」

亘は苦笑しながら、「まあいいでしょう。僕にはボディーガードが必要みたいなんで」

「ところで君、弱いんですね」

右京の評価はにべもない。

「暴力嫌いなんですよ。本気出したら大変なことになりますよ。あっ、イテテ……」

亘はそう言って、大げさに顔をしかめた。

亘は右京をとあるカフェへと連れて行った。そこで埼玉中央署刑事課の早田《そうだ》茂樹《しげき》と女子高生の千原麻衣《ちはらまい》と待ち合わせをしていたのだ。早田は亘の顔に痣《あざ》ができていることと警視庁の刑事が同行していることに驚いたようすだったが、亘がとりなして四人はテーブルに着いた。互いの自己紹介が終わったところで、亘が説明を始めた。

「先日、彼女の父親、千原純次《じゅんじ》が亡くなりましてね」

「死因は埼玉県内の山中で首を吊って自殺」右京が渡された資料を読む。「死後、重みで枝が折れて遺体は転落した状態で発見された。それがそちらの判断ですね？」

亘に促され、早田がうなずく。

「ええ。公式にそう処理されています」

ここで麻衣が発言した。

「でも、父には自殺する動機がないと思うんです」

「千原は元埼玉県警の刑事でした。警察を辞めてからフリーのジャーナリストとして週刊誌で活動していた。仕事は順調でした」

亘の説明を聞き、右京が資料から目を上げた。

「なるほど。離婚されていたようですが」

「そうです」麻衣がしっかりした声で答える。「私は母と暮らしていますが、父とは月に二回必ず会っていました」

「最後にお父さんとお会いしたときに、いつもと変わったようすはありませんでしたか？」

「最後に会ったときはレストランで食事をしたのですが、父が桃猫《ももねこ》先生に会わせてくれると言って……」

「桃猫先生？」

博覧強記を誇る右京もその固有名詞は記憶になかったようだ。

「私の好きな漫画家です。父は知り合いの編集者に頼んでくれたみたいでした。漫画家の先生と会う日も約束していたんですけど、そのあと父と連絡が取れなくなって……」

麻衣の表情に憂いの影が差す。

「不自然と言えなくもないですねぇ」右京は真剣な顔で、「自殺でないとすれば他殺ということになりますが、何か心当たりがおありですか？」

その質問に答えたのは亘だった。

「千原は元警察官という立場を生かして何度かスクープを飛ばしてます。その中でも古巣の埼玉県警について何かを調べていたようなんですが」

右京は納得したようにうなずき、「つまり、埼玉県警によって都合の悪い情報はもみ消された。千原さんの死には、県警が関与しているということですか？」

亘は無言で首肯《しゅこう》したが、早田は神妙な顔で否定した。

「それはない……と思いたい」

「私は本当のことが知りたいんです」

濁りのない目で麻衣が訴える。

「そうですか。ところで冠城くん、君はどうしてこの件に関わっているのですか？」

「いや……。僕と千原は中学の同級生なんです。まあ、彼には借りがあって……」

亘が言葉尻を濁す。

「同級生で借りがあるわけですか？」

「ええ、まあ……」

麻衣が補足する。

「『何かあったら、このふたりに相談しろ』、父は生前、そう言っていたので協力していただいています」

「なるほど」右京はうなずき、「ちなみに冠城くん、君を襲った彼らが言っていた手帳というのは？」

亘は一瞬ためらったあと、スーツの内ポケットから黒革の手帳を取り出した。

「千原の手帳です」

「最後に会った日、父が忘れていったんです」

麻衣が言い添える。

「彼らはこの手帳を狙っていた」

右京の言葉に同意して、亘が手帳をぱらぱらめくった。

「唯一の手掛かりです。この手帳には取材のメモと思われる言葉や数字が記してありま
す。まあ、意味は読み取れませんが……」

「ちょっと、よろしいですか？」

右京が手帳を手に取り、めくった。一面に数字とアルファベットの文字列が書きつけ
てあり、一見して暗号のようである。それを確認した右京は手帳を閉じて、内ポケット
にしまった。

「あっ、ちょっ、ちょっ……右京さん！」

「この手帳は、僕が持っておくのが一番いいでしょう」

「どうしてですか？」

難色を示す亘に、右京が説明する。

「早田さんは否が応でも埼玉県警の人間と接触する機会が多い。かといって、麻衣さん
を危険にさらすわけにもいきませんからね」

「だから僕が持ってるんでしょう」

亘は主張したが、右京は譲らなかった。

「あなた弱いですからね、心許《こころもと》ない。僕が適任です」

「いや、だから僕だって本気で……」亘は途中で言葉を呑み込んだ。「わかりましたよ」

右京が早田の万年筆に目を留めた。

「ところで、先ほどから気になっていたのですが、木軸の万年筆でそのサイズは珍しいですねえ。ちょっとよろしいですか？」

「それ、今関係ありますか？」

言い込められたばかりの亘は憮然《ぶぜん》としたが、早田は「どうぞ」と万年筆を差し出した。

「失礼。ああ……素晴らしいですねえ」

ペン先を眺めながら惚《ほ》れ惚《ぼ》れと称賛する右京に、麻衣が言った。

「父も同じものを持っていました」

「千原と一緒に作ったんですよ」早田が語る。「連続殺人事件を解決してふたりそろって本部長賞をもらった記念に」

「優秀な方だったんですね、千原さんは」

「いい刑事でした」

「そうですか」と、右京が万年筆のキャップを閉める。最初は見えていなかった反対側に「Rena Iwasaki」という文字が刻印してあるのに気づいた。

「あっ、これは女性のお名前ですか？」

「ええ、まあ」早田が軽く答えた。

「立ち入りすぎじゃないですか？」

耳もとでささやく亘に、右京は「細かいことが気になってしまう僕の悪い癖」と返した。

「それ、直しません？」

亘が言うと、右京が即答した。

「直せません」

二

翌日、亘は千原純次の遺体が発見された場所へ右京を案内してきた。先日ひとりでロープを使って検証した現場だった。

「ここが千原が自殺したとされる現場です」

「革靴の土はここのものだったんですね。あなたの靴についていた土を鑑識で調べてもらったところ、公園のものではありませんでした」

「鑑識まで使って調べたんですか」

亘が変わり者の刑事を見て呆《あき》れた。しかし、変わり者のほうはまったく動じていなかった。

「捜査資料によると、千原さんはこの木にロープをかけて首を吊った。死体の重みで枝が折れて落下した。頭部の損傷はその時についたものということですが……」

するると、現場検証をおこなった亘が疑問を提示した。

「そのことなんですが、この枝にロープをかけて僕が体重をかけてもびくともしませんでした。僕より小柄な千原の体重で折れるのかなと疑問を持ちました」

「なるほど」右京が枝を見上げる。「断面を見る限り、枝は折れたというよりも切断されたかのようですね」

右京が指摘するように、枝の切断面は平らだった。

「枝が折れて死体が落下したというのは嘘ということですね」

「嘘だとしたら、埼玉中央署はなぜそんな嘘をつく必要があったのか……」

「どう動きましょうかね？」

「どう動けばいいと思いますか？」

亘の質問を右京がそのまま返す。

「直接、捜査に関わった埼玉中央署の刑事たちに話を聞くというのはどうでしょう？」

亘の回答はひねりがなかったが、右京は両手を背中に回してうなずいた。

「いいでしょう」

右京と亘を迎え入れた埼玉中央署の署長浦上《うらがみ》は退官間近のベテラン警察官だった。浦上はどっしりと椅子に腰かけ、興味なさそうに確認した。

「千原の自殺の捜査に関わった刑事たちに話を聞きたいと？」

「こちらの法務省から出向中の冠城さんがどうしても話を聞きたいと申しまして……」

右京が亘をだしに使うと、亘も調子を合わせて、お辞儀した。

「勉強させていただいてます」

「ああ……勉強ね。警察というのは勉強だけできればいいって場所じゃないからね。いろいろ教えてもらうといいだろうね。現場の連中には話を通しておきましたから」

「ありがとうございます。では、失礼します」

礼を述べて出ていこうとする警視庁の刑事を埼玉中央署の署長が呼び止めた。

「ああ、杉下警部」

「はい」

「警視庁の坂之上《さかのうえ》さんはご存じかな？　次期警視総監と言われている方なんだが……」

思わせぶりに浦上が語る。

「さあ……ご挨拶をしたことぐらいはあるかもしれませんが、組織のことには疎いもので……」


本音を漏らす右京に、浦上がやんわりプレッシャーをかける。

「そう、坂之上さんにはお世話になっていてね……」

「そうですか。では」

顔色も変えずに出ていくふたりを見送って、浦上は受話器をとった。

「ああ、私だ。うん……連中が行くと思うが適当にあしらっておけ」

千原純次の事件を担当した埼玉中央署の刑事、松木卓也《まつきたくや》と清水靖男《しみずやすお》はこれから事件の捜査に出動するところだった。

「あの、署長の浦上さんから……」

右京はふたりに話を聞こうとしたが、松木も清水も足を止めようとしなかった。覆面パトカーに向かいながら、符丁《ふちょう》を使って話をしている。

「ゴウエーどうだった？」

質問する松木に、清水が答える。

「モノイカだった」

亘がパトカーの運転席に乗り込もうとする松木に追いすがる。

「ちょっと話を聞かせてください」

「調書に書いたとおりだよ」

「その調書について聞きたいんです」

「終わった事件の話をしてる暇はない」

松木はにべもなかった。助手席側のドアを開けて、清水が言い放つ。

「悪いが現場に向かわないとなりません」

「では最後にひとつだけ」右京が人差し指を立てて頼み込む。「今おふたりが話していたことなんですが、ゴウエーはエーゴウ、モノイカはイカモノのことでしょうか？」

清水は小馬鹿にするような目を警視庁の刑事に向けて、「そうですよ。うちはいつからかひっくり返して言うようになったんだ。では」

浦上からの指示通り、ふたりは右京と亘を適当にあしらって走り去っていった。去っていく車を恨めしげに見やりながら、亘が愚痴る。

「誰も何も話してくれないですね」

「皆さん、忙しいんですねえ」

「まあ、暇なのは特命係だけですか」

亘が皮肉を言うと、右京も皮肉で返した。

「暇だからこそ君の無駄足に付き合えたんですよ」

「無駄足って、どういう意味ですか？」

「では、何か収穫はありましたか？」

ストレートな物言いに亘はむくれたが、収穫が得られなかったことは事実だった。

「いや……右京さんだってなんか訳わかんない質問しかしてないじゃないですか」

一矢報いたつもりの亘だったが、右京の口からは予想外の回答が得られた。

「冠城くん、手帳の謎が解けそうです」

　右京は特命係の小部屋に戻って、謎解きを始めた。その準備として、ホワイトボードに暗号の換字表を書き出した。表の上段には、AからJのアルファベットに対応するよう、0から9の数字が割り振られている。表の下段は五十音表で、あいうえおの各段に12345が、あかさたな……の各行頭には1020304050……が、わをんの音には101102103が割り振られ、さらに＋が濁点、－が半濁点、下線が小文字に対応していた。

「言葉は論理です」大学で講義でも始めるかのようにかしこまった口調で右京が語る。

「一見意味不明の英数字の羅列に見える手帳

				A	B	C	D	E	F	G	H	I	J
				0	1	2	3	4	5	6	7	8	9
小文字	－	＋	100	90	80	70	60	50	40	30	20	10	
＿	゜	゛	わ	ら	や	ま	は	な	た	さ	か	あ	1
			を	り		み	ひ	に	ち	し	き	い	2
			ん	る	ゆ	む	ふ	ぬ	つ	す	く	う	3
				れ		め	へ	ね	て	せ	け	え	4
				ろ	よ	も	ほ	の	と	そ	こ	お	5

のメモにも法則性があります」

右京が大学の先生ならば、さしずめ亘はできのよい学生だった。

「つまり、手帳のアルファベットは数字を意味し、数字は五十音を意味するということですか。よく気づきましたね」

「どうもありがとう。初めにアルファベットがAからJまでの十文字しか使われていないことに注目しました。数字に関しては五十音の母音と子音の関係で仮定を立てると意味が見えてきます」

なるほど、この換字表に当てはめると、千原純次の手帳に書かれた暗号は解読できそうだ。さっそく亘は解読を開始したが、すぐに行き詰まった。右京に教わったルールに従うと、

41 12 32^{+} 91　は　たいじら
63^{-} 91 44 103　は　ぷらてん

と、意味不明な単語になってしまう。

「『たいじら』とか『ぷらてん』とか意味がわかりませんが」

亘の質問は右京には織り込み済みだった。

「先ほどの刑事たちが警察の隠語をひっくり返していたのを思い出してください」

「ゴウエーとかモノイカとか言ってましたね。あれはやっぱ隠語だったんですか」

「僕は使うことはありませんが……。ゴウエーはA号、前歴照会の意味です。モノイカはイカモノ、前科のある人間を指します」

「それならば、『たいじら』は『じらたい』ですか……」

それでも意味がわからない亘に、右京が説明する。

「自動車警邏《けいら》隊のことですね」

「『てんぷら』は？」

文脈から考えて、まさか食べ物のこととも思えない。右京が明快に答える。

「偽造ナンバープレートのことをテンプラナンバーと呼びます」

「なるほど……僕の知らない世界です」

亘がお手上げだと態度で示す。

「以上の法則を踏まえて手帳のメモを読み解くと、千原さんが何を調べていたのかが推理できます」

「千原は何を調べていたんですかね？」

「埼玉中央署の部署名と個人名、担当した案件とその協力者の名前、そしてそれに対する謝礼金の金額……問題なのは協力者へのキックバックの金額が記されていることです」

「はい！」にわか学生の亘は先生の話を頭の中でよく咀嚼《そしやく》したうえで、質問のために挙手をした。「謝礼金を受け取る協力側がキックバックをもらうっておかしくないですか？」

「一般的に謝礼金の領収書というのは裏金作りの温床《おんしょう》となることが多い。領収書を提出しても実際には謝礼金は支払われずプールされる。また、協力者をねつ造するわけにはいきませんからね、警察のＯＢや関係者を巻き込んでキックバックという形で謝礼金の一部を渡す……という仕組みが見えてきますね」

先生の説明には淀《よど》みがなかった。

「千原は埼玉中央署の裏金作りを調べていた。それで殺されたとか……」

亘にもようやく全貌が見えてきたようだった。

「手帳のメモはあくまでも断片に過ぎないでしょう。千原さんはより詳細なデータを所持していたはずですよ」

三

警察庁の会議室では、警視庁と警察庁の幹部による会議が終わったばかりのところだった。髪に白いものが混じった威厳のある制服組の大物が数人の腹心の幹部を引き連れて、まだ着席していた甲斐峯秋に近づいてきた。その人物こそ、次期警視総監と噂される坂之上慶親《よしちか》であった。

「甲斐次長」

峯秋は苦笑しながら、立ち上がった。

「あっ……今はもう次長じゃありませんよ、坂之上副総監」

「失礼しました。息子さんの件は大変でしたね」

そこに触れられると峯秋は言葉を濁すしかなかった。

「まあ……」

「最近はお茶に凝っておられるとか？」

「時間があるものですからね」

坂之上は憐《あわ》れむような口調で、「退官後の趣味には最高ですな」

「坂之上さんは、頂上はもう少しですね」

峯秋が持ち上げると、坂之上は会心の笑みを浮かべた。

「ええ、おかげさまで。では」

幹部を引き連れて去っていく副総監の背中に、峯秋は「お気をつけて」と声をかけた。


その頃、千原純次の部屋に右京と亘が上がり込んでいた。亘は先ほどから千原のパソコンを立ち上げようとしていたが、ロックがかかっており、悪戦苦闘していた。

亘は溜息をつき、「何か残ってるとすればこのパソコンの中だけなんですが、ＩＤもパスワードもわからないので中を見ることができません」

「そうですか」

「あっ！　もしかして右京さんならパスワード、わかったりします？」

亘は右京の超人的な推理能力に一縷《いちる》の期待をかけたが、さすがにそれは難しかった。

「なんの手掛かりもなくわかるわけないでしょう」

「……ですよね」

右京はぐるっと部屋を見渡した。キャビネットの上に写真立てがあり、千原と早田が並んで写った一枚が飾られている。埼玉県警の本部長賞をもらったときのものらしい。写真立ての横には、きちんとラッピングされた小箱が置いてあった。

「どなたかへのプレゼントでしょうかね？」

右京の疑問に亘が答える。

「麻衣ちゃんは誕生日でもクリスマスでもないから、自分のためじゃないだろうって言ってました」

右京は透視でもするかのように小箱を眺めて、「中身はなんでしょうね？」

「さあ……」そっけなく答える亘を尻目に、右京が包装紙をはがし始めた。「あっ！　ちょっ、ちょっ、ちょっ……開けちゃうんですか？」

「気になりませんか？」

気になったら徹底的に追求するのが杉下右京という刑事である。右京は自らの信条に忠実に、プレゼントの小箱を開けた。高価そうなアクセサリーが現れた。

「アンクレットですかね？」

右京は亘の見立てを認め、「ええ、女性用ですね。確かに麻衣さんにあげるものとは思えませんね」


右京と亘はその足で千原純次の馴染みだったキャバクラへ向かった。店長から奈々美《ななみ》という二十歳のホステスをよく指名していたと聞き、さっそく呼び出した。仕事中に警察に呼び出され、奈々美は不機嫌だった。

「千原さんは週に数回こちらのお店に訪ねてきて、あなたを指名していたそうですね」

右京が訊くと、奈々美が迷惑そうに答える。

「千原さんはいいお客さんだけど？」

「もしかしてなんですがね」右京が例のアンクレットの小箱を差し出して、開けた。

「これに心当たりありませんか？」

「私が欲しがってたやつ！」

奈々美の目が一瞬輝いた。

「欲しがってた？」

「来月誕生日だから」

「付き合ってたんですか？」

亘の質問に、奈々美は白けた口調で返す。

「はあ？　あり得ない！　なんで？」

「いや、高価なプレゼントだし……」

「千原さん、お金持ちでしょ？」

「そう千原さんが言ってたんですか？」

「店にはお金落としてくれるし、私の携帯料金とか家賃とか払ってくれたりして……」

千原の友人である亘には、ふたりの関係がいまひとつ理解できなかった。

「そこまでしてくれてるのに付き合ってなかった……」

「払いたいって言うから……。そういう客たまにいるの。あのさ、私なんか悪いことした？」

挑発的に顔を向けるホステスに、亘がぽつんと告げた。

「千原は死んだんだよ」

その答えを予想していなかった奈々美はぎょっとした顔になった。

特命係の小部屋に戻り、亘は友人の行状を嘆いていた。

「何やってんだか……」

「千原さんの部屋を見ても金遣いが荒くなっていたのは間違いないでしょうねえ」

右京の言葉に、亘は大きく溜息をついた。

「それにしたって、さして娘と歳の違わない子に貢《みつ》ぐなんて……」

「表向き、正義や理想を語っている人間も、裏をのぞけばいろいろと見えてくるものです。金銭問題、女性関係……」

「千原のプライベートを調べて何になるんですか?」亘の口調には非難のトーンが加わっていた。「突き止めるべきは千原の死の真相でしょう」

「被害者の身辺を洗うのは捜査の基本ですよ」

「そうかもしれませんが」亘がやりきれないようすで立ち上がり、眼鏡をかけた。「僕は帰ります」

「知りたくないんですか?　お友達のことを」

「早田さんに会って報告するだけです」

「そうですか」右京は紅茶をひと口啜《すす》ると、「僕は捜査を続けます」

「失礼します」

「ああ」右京が亘を呼び止めた。「いつも鞄を置きっぱなしのようですが、不用心だと思いますよ」

亘は一瞬立ち止まったが、結局振り返ることなく去っていった。机の上には鞄が置いたままになっていた。

亘の姿が見えなくなったのを確認して、右京が大河内に電話をかけた。

「同居人について少しお話があるのですが」

そう前置きし、右京は亘の最近の行動について報告した。

――冠城氏は埼玉中央署の不祥事を調べていたんですか……。しかも脅迫まで受けているとは……。

「大河内さんにはぜひお話ししなければと思いました」

――あなたが協力的なのは不気味ですが。

「大河内さんには、大変お世話になっていますからねぇ。ああ、それからもうひとつ耳寄りな情報が」

――なんですか？

「冠城くんですが、さっき帰りました。彼の机の上には鞄が置きっぱなしになっています。では、僕は捜査がありますので失礼します。あとはどうぞ、ごゆっくり」

亘はとあるバーで早田と待ち合わせしていた。ウイスキーのグラスを傾けながら、亘が早田に報告する。

「千原はそちらの署の裏金作りについて調べていたようです。それで殺された可能性が出てきました」

「そうですか……」早田が頭を抱えた。「こういうでかいヤマは慎重に動く必要がありますね」

このとき亘のスマホに着信があった。千原麻衣からだと確認し、亘は席を立って電話に出た。

「もしもし」

麻衣の怯《おび》えた声が聞こえてきた。

――冠城さん、私ヘルメットしたふたり組につけられてるみたいです。キャッ！

亘と早田が待ち合わせのファストフード店に駆け付けると、麻衣がひとりで温かいドリンクを飲んでいた。

「大丈夫だった？」

早田が心配して声をかけると、麻衣が言った。

「何もされてないし勘違いかも……」

言葉の内容と裏腹に声が震えている。気になった亘が改めて麻衣の全身に視線を走らせ、膝をすりむいているのを見つけた。

「怪我《けが》してるじゃないか」

「転んだだけです」

麻衣は相変わらず震える声で言い張った。

亘と早田が麻衣を家まで送り届けて帰宅しようとしたところ、行く手にフルフェイスのヘルメットをかぶったふたりの男が立ちふさがった。

ふたりは亘に襲いかかったが、亘はなんなく攻撃をかわした。早田が亘の前に出る。

「うちの署の人間だな?」

ヘルメット男のひとりが否定するでもなく、言い放つ。

「早田さん、そろそろ潮時だと思いませんか? 息子さん六歳だそうですね。かわいい盛りでしょう?」

男がポケットから一枚の写真を取り出した。公園で遊ぶ男の子が写っていた。

「お前ら……!」

「手帳と捜査資料を渡してすべて忘れろ!」

写真を持った男が語気を強めた。

右京はその間、千原純次の家で調べ物をし、夜中に再び特命係の小部屋に戻ってきた。

亘の机の上のノートパソコンはつけっ放しになっており、鞄はなくなっていた。夜も更けフロアにいる捜査員は少なかったが、幸い角田はまだ残っていた。

「お疲れさまです。課長」

「ん？」

角田がパソコンから顔を上げた。

「冠城くんは一度、戻ってきたんですか？」

「ああ……さっき戻ってきて、またすぐ出ていったね」

「鞄は持っていましたか？」

「えっと」角田が記憶を探る。「持ってたと思うよ」

そこへ鑑識課の米沢が意気揚々とやってきた。

「杉下警部！　失礼します。頼まれていた鑑定結果お持ちしました」

「僕は何もお願いしていませんが……」

右京が不審な顔になる。

「いや……冠城さんに特命係で調べてる件で鑑定してほしいと頼まれたんですけど……ご存じなかったんですか？」

その頃、亘は呼び出しを受け、早田と一緒に廃ビルを訪問していた。到着したビルの一角には埼玉中央署の浦上署長と松木、清水が待ち構えていた。

「おや？　皆さん、おそろいで」

亘の言葉を聞き、浦上が嘲《あざけ》るように言った。

「いろいろ学ぶことも多かったんじゃないかね？」

「警察がどんな組織かよくわかりました。直接、千原に手を下したのは誰ですか？」

「それはノーコメントだ。ここから先は立ち入り禁止にさせてもらうよ」

「本当のことを知りたい……それだけなんですがね」

浦上は鼻を鳴らし、「知らなくていいこともあるんだよ、冠城さん。資料渡してもらおうか」

松木が歩み出て手を伸ばす。亘は鞄から書類の入った封筒を取り出し、床に落とした。

松木はそれを拾い上げ、浦上に渡す。

「浦上さん、もうこれで終わりということでいいですね？」

早田が署長に念を押す。浦上は封筒の中を検《あらた》め、「手帳がない」と呟《つぶや》いた。

「手帳は杉下警部が持ったままです」

亘の答えを聞き、浦上が薄笑いを浮かべた。

「それなら問題ない。私と副総監の坂之上さんは大学の先輩後輩でね。もう話はついてる。あの杉下とかいう男も言うことを聞くだろう」

「そういうもんですかね？」

亘は疑念をぶつけたが、浦上は余裕しゃくしゃくだった。

「警察官は警察官を守る。外部の人間にはわからないだろうが、それが警察という組織だ」

と、亘が突然、声のヴォリュームを上げた。

「……と言ってますがどうなんですか？　右京さん」

「なんだ？」浦上ががらんとしたビルの中を素早く見回した。「どういうことだ？」

「いや……僕、警視庁からもマークされてて、盗聴器まで仕掛けられてるんです」

亘が鞄を掲げると、その底にGPS機能付きの小型無線盗聴器が取り付けられていた。

松木が駆け寄り、盗聴器を無理やり引きはがした。そのまま床に叩きつけて、靴で踏みつぶす。

「やりますか？」

気色ばむ松木をいなすように、亘が言った。

「やりすぎじゃないですか？」

「ここから運べるのか？」

浦上の質問に、清水が「可能です」と答えたそのとき、物陰から右京が現れた。

「遅くなって申し訳ない」

右京の後ろから警視庁捜査一課の伊丹憲一と芹沢慶二、それに大河内春樹首席監察官が現れる。

「人手を集めていました。何しろ冠城くんの要求を処理しなければなりませんからねえ」

浦上が右京に笑顔を向ける。

「警察の人間は話が早い。協力していただけるんですね？」

「喜んで協力しましょう。あなた方の愚行を止めるために」

浦上には右京の言葉が理解できなかった。

「坂之上さんと話はついてる」

「それがどうかしましたか？」

「君も組織の人間だろう？」

「組織のことには疎いと申し上げたはずですが」

右京がひょうひょうと語るのを聞き、浦上が絶句した。

伊丹が右京に確認する。

「警部殿、我々は仕事に移らせていただきますよ」

「ええ、伊丹さん、芹沢さん。お願いします」

芹沢が前へ出て、「松木卓也、清水靖男。暴行と脅迫の疑いで逮捕する」と、埼玉中央署の刑事を告発した。

「証拠は？」

強気を崩さない松木の鼻を、右京がへし折った。

「証拠は冠城くんのこの眼鏡です。これ、撮影録音機能付きですね？」

亘が同意しながら眼鏡をはずした。

「ええ、完全アウェーの警察で内部捜査するにあたって自分の身を守るための手段でした」

「つまり、ヘルメットで頭突きをした男の声も記録されている」

亘は特殊な眼鏡を掲げて、「声紋は刑事事件の証拠になる。相手にしてくれないだろう刑事たちにわざわざ会いに行ったのは、照合する声を録音するためです」

ここで右京が先ほど特命係の部屋で聞いたばかりの情報を披露した。

「米沢さんの鑑定結果では、ヘルメット男はあなた方ふたりだとわかりました。言うまでもありませんが、あなた方のやったことは立派な傷害事件ですよ！」

右京が大声で叱責すると、浦上が伊丹の胸もとをつかんで訴えた。

「おい！　同じ警察官だろ？」

「一緒にしないでいただきたいですね！　あんたらみたいな警察官大嫌いなんだよ」

伊丹が埼玉中央署長の手を振りほどいた。

「この場の会話ですが、冠城くん、眼鏡に記録されていますか？」

右京が訊くと、亘は「もちろん」とうなずき再び眼鏡をかけた。続いて右京は大河内の前に移動した。

「大河内監察官、証拠になりますか？」

「監察官だと！」

浦上も予想していなかったらしく、その声は少し裏返っていた。大河内が浦上を正面から睨《にら》んだ。

「十分な恐喝の証拠になると思いますよ。しかし、問題はなんの目的で恐喝がおこなわれていたかということです。杉下警部の捜査により、埼玉中央署の会計に不自然な点が見つかりました。端的に言って裏金作りの証拠です」

「県警のことに警視庁は関与しない。君らの捜査も中止させると副総監の坂之上さんと話はついてるんだ！」

浦上の虚勢を右京が一刀両断にする。

「何度も申し上げますが、そんなおまじないは僕たちには通用しませんよ！」

「あなた方の不正は放置できない！　県警の監察官室に報告させていただく」

大河内が強い口調で宣言すると、浦上の顔が真っ青になった。右京はそんな浦上には取り合わず、亘に向かって手を打った。

「そういえば冠城くん、千原さんのパソコンのＩＤとパスワードがわかりました」

「本当ですか？」

右京が内ポケットから黒革の手帳を取り出し、暗号文のところを開いた。

「千原さんの手帳の筆跡を見ると万年筆で書かれたものであることがわかります。万年筆といえば早田さんとともに作った万年筆ですねえ。現物はすでに処分されてしまっているでしょうが、万年筆に刻まれた文字が気になってしまいましてね、職人さんに問い合わせてみました。早田さんの万年筆に刻まれていたのは岩崎玲奈《いわさきれな》という名前。一方、千原さんの万年筆に刻まれていたのは白石亜矢子《しらいしあやこ》という名前でした。ふたりの女性に共通するのは千原さんと早田さんが県警本部長賞をもらったときの連続殺人事件の被害者であること。そうですね？」

右京から話しかけられ、早田がうなずいた。

「千原が言ったんです。事件を解決して賞をもらったが、我々の捜査がもっと早ければふたりの犠牲者を出さずに済んだ。そのことを忘れないように、戒めとしてずっと仕事で使う万年筆にそれぞれの名前を刻もうと」

右京が続ける。

「千原さんは、おふたりの名前を忘れていなかったようですねえ。パソコンのＩＤとパスワードには、それぞれふたりの女性の名前を暗号で数字化したものが使われていました」

それを聞いた亘が話に割り込んできた。

「裏金のデータ、あったんですか？」

「残念ながら何者かによって消去されていました」

「何者か……」

「ＩＤとパスワードに気づき得る人物はたったひとり」右京が右手の人差し指を立て、それをゆっくりと早田に向けた。「あなたですよ。早田さん、千原さんを殺害したのもあなたですね？」

早田は二、三歩あとずさると、ポケットから拳銃を取り出し、それを自分のこめかみに当てた。早田が自殺しようとしているのを見て取った亘が素早く駆け寄り、銃を引き離そうとした。もみ合ううちに拳銃が暴発し、大きな銃声が廃ビルにこだました。右京と伊丹と芹沢が一斉に早田に飛びかかり、身柄を拘束した。身動きが取れなくなった早田だったが、大声で叫ぶことはできた。

「お前ら何もわかってない！　わかってないんだ！」

早田の声がむなしく響いた。

四

早田の取り調べは警視庁でおこなわれた。

「千原さんが警察を辞めた理由はなんでしょう？」

右京の質問に早田が渋面で答えた。

「俺が先に出世した……それが納得できなかったんだと思います」

「記者になって生活が荒れ、経済的に首が回らなくなっていた千原さんは、埼玉中央署でおこなっていた裏金作りに目をつけたわけですね？」

「あいつは元同僚たちのすねの傷を熟知してましたから、それをネタに裏金作りの詳細な情報を引き出したんです。そして、浦上署長たち幹部に裏金作りのことを記事にされたくなければ三千万渡せと言ってきたんです」

早田の自供を聞いた亘が顔を曇らせた。

「やはり千原は正義感で不正を追及したのではなくて、裏金そのものを狙っていた」

「浦上署長に頼まれて自分が説得に行きました」

早田の脳裏に千原の自宅を訪問したときの情景がありありと浮かぶ――。

――お前ら現場の刑事に作らせた裏金でおいしい思いするのは幹部だけだろう。

すさんだ口調の千原に、早田は親身になって忠告した。

「だからって昔の仲間を裏切るのか？　このままじゃ俺も上層部《うえ》を抑えきれなくなるぞ」

「お前が俺を脅すのか？　相棒のよしみでお前のことは脅す気はなかったんだけどな

「……」そう言いながら千原は引き出しから写真を取り出し、早田に見せつけたのだ。

「お前のカミさん、主婦売春の常習者だぞ。お前じゃ俺は止められない」

このひと言で早田の理性が吹っ飛んだ。次の瞬間、早田は柔道の投げ技を繰り出していた。千原は受け身を取れず、頭部を強く打ったのだった――。

「殺す気はなかった……」

早田が声を絞り出した。

「あなたは仲間たちに連絡をし、組織ぐるみで偽装工作をおこなったのですね？」

「みんなは悪くない。自分を助けてくれただけです」

「そうでしょうかねえ」右京が異論を唱える。「彼らが守ったのはあなたではなく組織だと思いますがね」

「だとしても、もともと悪いのは千原です」

早田の言葉に、亘が反応した。

「そうかもしれませんが、千原とはずっと……組んでいた仲でしょう？」

「上司の命令でたまたま組まされただけです」

「どんな言い訳も人殺しの理由にならないことぐらい警察官ならばご存じですよね？あなたに残された道はひとつ。生きて罪を償うことですよ」

右京が突き放すように言った。

後日、亘は学校帰りの麻衣を公園に呼び出し、事件の真相を包み隠さずに伝えた。

「約束どおり本当のこと伝えたよ」

「本当は……父は最低な人間だったっていうことですよね？」

父親の真の姿を知らされ、麻衣は当然ながら沈んだ表情をしていた。

「俺にとって親友なのは変わらない。君にとってはいい父親だろ？　悪いのはお父さんだけじゃない。警察という組織そのものだ」

「でも、冠城さんを助けてくれたのも警察の人ですよね？」

相変わらず浮かない顔で麻衣が言った。

「ハハハ……まあね」

言葉に窮する亘に、麻衣が頭を下げる。

「ありがとうございました」

固い表情のまま去ろうとする友人の娘を亘は呼び止めた。（頑張れよ！）の気持ちを込めてガッツポーズを送ると、気持ちが通じたのか、麻衣が少しだけ笑った。

甲斐峯秋は右京と亘と大河内を自室に招いて、抹茶を振る舞っていた。もっとも、前回で懲りたのか、右京の前には茶碗が置いていなかった。

「着任早々、お手柄だったね、冠城くん」

峯秋が出向中の法務省官僚を褒めた。

「杉下さんのおかげです。今回の一件で警察がどういう組織なのか知ることができてよかったです」

そう言って茶碗を口に運ぼうとした亘だったが、結局は途中でやめて茶碗をテーブルに戻した。

峯秋はそのようすに目を留めながら、「また何かあったら今度は我々になんでも相談したまえ」

「ありがとうございます」

亘が恐縮しながら、お辞儀をする。

「ただ、あまり張り切りすぎるとね、途中で潰れてしまうこともあるから気をつけなさい。ところで、冠城くんは僕の出したお茶、口に合わないのかな？」

亘は緊張した表情で、「あっ、これは……失礼しました。申し訳ありませんが、一日にとれるカフェインはコーヒー一杯ですので」

「僕の出したお茶を飲まなかった人物は君でふたり目だよ」

峯秋の言葉を聞いても、右京は表情を変えなかった。しかしながら、亘はわかっていた。

「まあ、ひとりは想像つきます」

「じゃあ、もう行きたまえ」

峯秋のひと言で、右京と亘が立ち上がる。ともに「失礼します」と腰を折り、廊下へ出ていった。

完全にドアが閉まるのを待って、大河内が峯秋に進言した。

「あの冠城っていう男、ただのお客さまと思わないほうがいいかもしれませんね」

「外の人間は使いようだよ」峯秋が含み笑いをする。「それより、坂之上みたいな男が警視総監にならなくてよかったじゃないか」

「今回の件で隠蔽《いんぺい》に加担した坂之上副総監は失脚した。そのために、あのふたりを利用したんですか？」

大河内の指摘を肯定も否定もせず、甲斐峯秋は抹茶を飲み干した。

特命係の小部屋に帰ってきたところで、紅茶を淹れ終わった右京が亘に訊いた。

「そういえば君、千原さんに借りがあると言っていましたねぇ。どのような借りだったのですか？」

「フッ……恥ずかしい話ですが、中学のとき、トイレに間に合わず漏らしてしまったんです。中学生にとってバレたら人生が終わるようなできごとでした」

思わぬ打ち明け話に、右京が先を促す。

「ええ」

「そのとき不良だった千原に見つかって俺は終わったと思った。でも、千原は誰にも言わずにジャージを用意してくれて僕はバレずに帰ることができたんです」

「素敵な思い出ですねえ」

亘は宙を見つめて、「ずっと昔の話です」

「僕が千原さんのことをいろいろ調べて後悔していませんか?」

「いや……自分にとっていい人間でも、他人にとってはそうとは限らない。逆に信じられないほどひどい人間ということもある。本当のこととはそういうもんでしょう」

「では、最後にもうひとつだけ」右京が人差し指を立てる。「最初から僕を利用するつもりだったんですね?」

「気づいてましたか」

「気づいてくれと言わんばかりでしたからねえ。眼鏡や靴についた土、そして置きっぱなしの鞄」

「細かいところが気になるのが悪い癖……そういうあなただけにわかるシグナルを送ったつもりです。最悪の事態を想定すると盗聴されたほうがよかったですし」

亘が真面目な顔で告白した。

「そう思って大河内さんにも伝えておきました。二十四時間態勢で君のボディーガードをするのは無理ですからね」

「あとは、警察官のあなたが警察官を摘発するか……それは賭けでした」

「もし僕が裏切ったらどうするつもりでした？」

右京の質問に、亘が悪びれずに答える。

「僕に何かあったら、法務省の日下部事務次官に情報が届くように手配はしてありました。僕はただのお客さん。警察には愛着はない。あなたごと摘発してしまえばいい」

「なるほど」

「もっとも、あなたは必ず警察官を摘発すると思ってました」

亘の口調は確信に満ちていた。

「なぜですか？」

「あなたは自分の相棒も逮捕した人ですから。今回はお世話になりました。ありがとうございました」

かつての相棒、甲斐享のことに言及され、右京の頰が少しだけ強張《こわば》るのを見て、亘は深々とお辞儀をした。

「どういたしまして」

「お礼にコーヒー淹れます」

亘の申し出を右京は即座に断った。

「いや、結構。スリランカの良質なセカンドフラッシュの茶葉を飲んでいますから」

「……ですね」

亘はうなずいて、自分だけのためにコーヒーを淹れ始めた。

第三話「死に神」

一

杉下右京の運転する車は山道に入っていた。山道なのでカーブが多いのは当然のことだが、そのたびに助手席の冠城亘が大げさに顔をしかめたり目を閉じたりするのには右京もいささか閉口《へいこう》していた。

「他人の運転が苦手だというのに君も物好きですねえ。僕が頼まれた証拠品の返却にわざわざついてこなくても」

亘は右京の皮肉にも気づいていないようなようすで、「あそこにいてもどうせ暇ですしね」と返した。

「つまり暇潰しのドライブというわけですか」

「角田課長には止められたんですけどもね」亘が軽く笑う。「右京さんについていくと、すぐに事件にぶち当たるから気をつけろって」

「たしかに、偶然事件と遭遇するということがないわけではないですがね、いつもというわけでは……」

珍しく右京が弁解した。

「わかってます。こんな山奥に事件なんてそうそうね……」

亘が言ったとたん、サイレンの音とともに前方からパトカーが近づいてきた。どうやら別荘地に入っていくようで、道沿いにはまばらに野次馬の姿もあった。

「言っておきますが、これは単なる偶然です」

右京が弁明したが、事件に遭遇する引きの強さは否定すべくもなかった。

「ビンゴ！」

亘が愉快そうに言った。


別荘の庭に、女性の遺体が横たわっていた。その遺体を前に、捜査一課の芹沢慶二が報告する。

「被害者は尾崎美由紀《おざきみゆき》さん、二十九歳。〈あさぎ商事〉という会社の社員です。財布の中に社員証がありました。通報したのはこの別荘と契約している管理人です」ちょうどそのとき、管理人が姿を現した。「あっ……あの方。今朝、見回りに来て発見したようです」

鑑識課の米沢守が続けた。

「死因は解剖してみなければ詳しいことはわかりませんが、おそらく化学系の毒物による服毒死だと思われます。死亡推定時刻は、昨夜の七時から九時の間といったところでしょうかね」

ふたりの報告を受けた捜査一課の伊丹憲一が三階建ての立派な別荘を仰ぎ見る。

「それにしても豪勢な別荘だな。持ち主は？」

芹沢がメモを見ながら答えた。

「雨宮一馬《あまみやかずま》さんというインターネット関連企業の社長です。いわゆるＩＴ長者ですね。被害者との関係は今のところわかってません。争った形跡もないですし……自殺でしょうかね」

伊丹がシートの上に並べられた遺留品の前に腰を下ろした。財布や手帳、ハンカチや化粧ポーチなどが並べてあった。

「携帯がないな。それにここで毒を飲んで死んだのなら容器があるはずだ。それもない。自殺にしては変だな……」

「たしかに変ですね」

立ち姿勢からのぞき込み、そう同意したのは右京だった。予期せぬところで右京と亘の姿を見かけ、芹沢が思わず漏らした。

「出た……」

「警部殿……なんでこんなところに？　冠城さんも……」

呆《あき》れる伊丹に、亘が答えた。

「単なる偶然だそうです」

右京は米沢に「どうも」と挨拶し、遺体のそばにしゃがみこんだ。そして、素早く全身に目を走らせ、さっそく右手に握られた葉を見つけた。

「ちょっと失礼。これ、パキラの葉ですね」

「ええ」米沢が首肯《しゅこう》し、見解を述べる。「服毒時に苦しんで辺りの植物をつかんだものでしょうか」

右京はパキラの葉にピンク色のなにかがこびりついているのに注目した。

「これ、なんでしょう？　見たところ人工物のようですが」

「ああ……なんでしょうね？」

米沢がわからなかった物質にもかかわらず、亘はひと目でその正体を見破った。

「ハイドロビーズですね。観葉植物専用の培養土」

「それは、調べてみなければわかりませんなあ」

米沢が疑問を呈しても、亘は自信満々だった。

「いや、間違いないです」

お株を奪われ、米沢が舌打ちする。亘の意見を認めた右京がまとめた。

「ということは、この植物は室内にあったということになりますね。別荘の中に観葉植物は？」

パキラの鉢植えを探して別荘の中が捜索されたが、一階と二階には見つからなかった。

三階を捜索していた芹沢が下りてくる。

「三階にも観葉植物の類いはありませんよ」

「この別荘で亡くなったのではないということになりますねえ」

右京の言葉に亘と伊丹が反応した。

「どこか別の場所で死んで何者かに運ばれたとなると……」と亘。

「他殺の線もあるってことか」と伊丹。

そこへ芹沢が「雨宮さんが到着しました」と伝えた。

玄関のドアが開き、制服警官が三十代半ばと思われる青年実業家を連れてきた。さっそく別荘の一室で聞き取りが行われた。

「亡くなった尾崎美由紀さんをご存じで？」

伊丹の質問に、雨宮が神妙な顔になる。

「隠してもわかってしまうでしょうね……。少し前までお付き合いをしていた方です」

「少し前までというと別れたってことですか？」

「二週間ほど前に」

伊丹は背後で聞いている右京と亘が邪魔でしかたないようだった。

「ここじゃあなんですから、詳しいことは警察のほうでお聞かせ願えますか？」

「えっ」

芹沢に促され、雨宮が渋々立ち上がる。じっと雨宮の指先を見つめる右京の横に伊丹がやってきた。

「警部殿とお客さまは、ここでお引き取り願えますか?」伊丹はここで亘にターゲットを絞り、「あんまり特命に関わらないほうがいいと思いますよ、ろくな目に遭いませんから」と忠告を与えて、芹沢と雨宮を追った。

「いつもあんなですか?」

亘が呆れて右京に訊《き》く。

「いつもあんなですよ」

そう答えた右京は、雨宮がサファイアの指輪を嵌《は》めていたことを頭の中にメモした。

伊丹と芹沢が立ち去った別荘で、右京は管理人に質問した。

「どのような契約だったのでしょう?」

「週に一度、月曜に見回ることになってました」

小柄な管理人が誠実そうに答える。

「月曜……つまり今日?」

「ええ」

「ああ、そうですか。ありがとうございました」管理人と別れてから、右京が疑問点を口にした。「妙ですねえ。雨宮さんは今日、管理人さんが来ることを知っていた。にもかかわらず、あんな場所に死体を置いておくでしょうかね？」

亘はシンプルに考えた。

「いや、管理人が来る日をついうっかり忘れていたなんてことないですかね？」

「ないこともないですがね」

あくまで疑り深い右京がそう返したとき、それまで遠巻きにようすをうかがっていた野次馬のひとりが軽ワゴン車に乗り込んで、車をUターンさせて去っていった。その車のボディに〈中村《なかむら》ケミカル工業〉と書かれていたことを右京は頭のメモに追記した。

右京と亘が帰ってきたとき、特命係の小部屋では組織犯罪対策部の角田六郎が、コーヒーを片手に我が物顔でテレビを観ていた。

「おう、邪魔してるよ」

「どうぞ」

角田が亘に自慢する。

「ほらね、俺の言ったとおり事件にぶち当たったでしょう？」

「驚きました」

「なんでかそういう能力があるんだな、警部殿には」

角田がからかうと、右京は「単なる偶然ですよ」と反論した。

「それより、雨宮とかいう青年実業家が重要参考人なんだって？　女捨てたあげく殺すなんて、青年実業家って奴はろくなもんじゃないね」

「あれ？　課長、なんか青年実業家に恨みでも？」

興味を示す亘に答えて、角田がテレビの画面を指さす。

「これですよ、これ！」

画面にはマイクを持つ女性レポーターが映っていた。

――はい、こちら現場の若田《わかた》です。昨夜、女優の青山奈緒《あおやまなお》さんと全国にイタリアンレストランを展開する実業家の志茂田光一《しもだこういち》さんが、極秘に結婚していたことが発覚しました。今、こちらのレストランに志茂田さんがいらっしゃるとのことですので、直撃しようと思います。あっ、来た、来た、来た！　志茂田さんが出てきました！　志茂田さん、ご結婚おめでとうございます。青山さんとのご結婚について、ひと言お願いします。

出てきたのは雨宮と同年配の長髪の男だった。顔に自信が満ち溢《あふ》れている。

――ああ、すみません。プライベートなことなので話は控えさせていただきます。営業に差し支えますので、どうかお引き取りを。

――ひと言お願いします！　志茂田さん！

角田は忌々《いまいま》しげにリモコンでテレビを消し、「はあ……青山奈緒、ファンだったのになんだってこう、お前、青年実業家っていうのはモテるのかね？」

「そりゃあ、金持ってるからじゃないですか？」亘がしごくまっとうな意見を述べた。

「雨宮の別荘もすごかったですよ」

「結局はそれか。はあっ、金か！」角田はパンダのマグカップを持って立ち上がり、

「はい、ごちそうさん」と部屋を出ていった。

いつの間にか自分の机についた右京はパソコンで調べ物をしていた。亘がのぞき込むと、〈中村ケミカル工業〉のホームページが開かれており、代表取締役社長として「中村隼《じゅん》」という眼鏡の男の写真が載っていた。

亘もこの男を覚えていた。

「これ、現場にいた男ですね……。〈中村ケミカル工業〉？」

「ええ。あのとき、この中村さんは車をUターンさせて去りました。あの道は山へ続く一本道です。いわば、山のほうに何か目的があるから入ってくる道です。ところが、車をUターンさせて去った。まるであそこで何かが起こっているのを知っていたかのようじゃありませんか」

さすがに細かいことが気になる右京だけのことはある。亘は素直に感心した。

右京はさらに、警視庁のデータベースで「中村隼」の犯罪記録を調べた。

「五年前に交通違反で取り締まりを受けている以外、犯罪歴はないようですねえ」

中村は〈みどり総合病院〉前の交差点で信号無視をしたことがデータベースに残って

いた。

鑑識課に情報を求めに来た右京を快く迎え入れた米沢は、尾崎美由紀のパソコンを開いて見せた。

「被害者の部屋にあったパソコンを調べたところ、被害者は人生相談の掲示板で雨宮氏とのことを相談してますね」

右京とともに画面をのぞき込もうとする亘を、米沢が邪魔して見せないように隠した。

「この前利用したこと、根に持ってます？　悪気はなかったんでもう勘弁してください」

埼玉県警が絡んだ事件のとき、亘が特命係の名前を借りて、米沢に容疑者の声紋を分析させたのだった。亘が謝り、右京も「お客さまですから」ととりなしたので、米沢はとりあえず折れた。

文字だらけの書き込みを米沢が要約する。

「二年ほど前に美由紀さんはひとりで山歩きをしていて怪我《けが》をしてしまい、近くの別荘に来ていたサファイアさんに助けられ、交際に発展しました」

「サファイア？」

不得要領な顔をする亘に、米沢がぶっきらぼうに説明する。

「掲示板では雨宮氏のことをそう呼んでるんですよ」

右京が頭のメモを検索した。

「たしか雨宮さんはサファイアの指輪をしていましたねえ」

「ああ、それでサファイア」

亘が納得したところで、米沢が続けた。

「最初の書き込みがあったのは一年ほど前です。美由紀さんが結婚をほのめかしたところ、サファイアさんから別れを切り出され、死んでしまいたいというトピックを立てています。ちなみに、このMというのが美由紀さんです。それに対して、不特定多数が意見やアドバイスを述べてますね。こちらです。『遊ばれているだけだと思う』『格差ありすぎ。諦めたほうがいい』」

亘が眉間に皺《しわ》を寄せる。

「結構、みんな辛辣《しんらつ》だなあ」

「いや、しかし中にはですね」米沢は亘にはいちいち反論したいようすで、「『あなたの気持ち、よくわかります』『なんでも話してください。力になります』……こういった優しいコメントもありますから、このような書き込みを期待して相談を繰り返していたのかもしれませんね。それで、最後の書き込みがこちらです」

米沢がそのコメントを指さした。ハンドルネームはMとなっている。

——みなさん、長い間ありがとうございました。２０１５.09.01

右京が書き込みの日付を確認した。

「二カ月前ですか。しかし、なぜ突然相談を終わりにしてしまったのでしょうねえ？　これまでの投稿を見る限り、問題は何も解決していないように思えますが」

「たしかにそれは私も引っかかりました」

米沢が同意したところで、急に右京が話題を変えた。

「ところで、先ほどから気になっていることがあるのですがね……」右京は遺留品が並べられているテーブルへ移動し、「これ、なんでしょう？」

右京が取り上げたのはウサギの絵が描かれたワインのコルクだった。

「被害者の部屋にありました。引き出しに大切にしまってありました」

「ウサギですよねえ？　冠城くん、君、こんなワイン飲んだことありますか？」

「いえ」亘は即答し、「右京さんは？」

「僕もありません。ちょっと気になりますねえ」

取調室では伊丹と芹沢が青年実業家の雨宮から事情を聞いていた。死んだ尾崎美由紀との関係を訊かれ、雨宮が供述した。

「出会ったのは二年前です。別荘の近くで怪我をしていた彼女を手当てしてあげて、それから交際するようになったんです。でも彼女、僕との結婚を強く望んでいて、それでしかたなく別れました」

「結婚する気もなく二年も付き合っていたということですか？」

なじるような芹沢の口調に、雨宮が慌てた。

「いや、そういうわけじゃ……。ただ、まだそういう気になれなくて」

伊丹が上半身を乗り出す。

「しかし、それじゃあ彼女は納得しませんよね。つきまとわれたんじゃないですか？」

それで、邪魔になって……」

「まさか！」雨宮が言下に否定する。「別れ話は彼女も納得してくれました。それに、お話ししたように二週間前に別れてから彼女には会っていません。本当です」

芹沢が疑いを隠そうともせず、「ところで、昨日の十九時から二十一時の間、どこで何してました？」

「会社を出たのが、たしか十九時ぐらいでした。気分転換に少し車を走らせてから、マンションに帰ったのは二十時少し前だったと思います。それからはずっと部屋に。そうだ」証言の途中で雨宮が目を上げた。「帰ったとき、コンシェルジュから荷物を受け取ったから、調べてもらえばわかるはずです」

右京と亘はこの取り調べのようすをマジックミラー越しに眺めていた。このとき、右京のスマートフォンが振動した。

「杉下です」

電話はさっき別れたばかりの米沢からだった。

――たった今、解剖の結果が出ました。被害者の体内からシアン化ナトリウムが検出されました。

「シアン化ナトリウム……どうもありがとう」

――あっ、杉下警部。

「はい？」

――あの……先ほどは聞きそびれてしまったんですけども、冠城さんは杉下警部の新しい相棒だと思ってよろしいのでしょうか？

「いいえ、ただの同居人です。では」

会話の片鱗《へんりん》を耳にした亘が興味を示した。

「どういう意味ですか？」

「いえ、何も。ところで、僕は行くところがありますが、君はご自由にどうぞ」

さっさと出ていく右京の背中に亘が手を伸ばした。

「ちょ、ちょ、ちょ……僕も行きますよ」

ふたりが向かったのは〈中村ケミカル工業〉の本社工場だった。町工場と呼ぶのがふさわしい小さな工場で、十人ほどの従業員が忙しく働いていた。右京は従業員のひとりをつかまえ、社長への面会を乞うた。

従業員は右京が掲げた警察手帳を見て怪訝《けげん》な顔になりながら、「社長はちょっと出掛けていますけど……」

「どちらへ？」

「多分、駅前の〈フクモリ〉って喫茶店だと思います。さっき電話があって、相手の方にそこを伝えてましたから」

「そうですか」右京は人差し指を立て、「ところでひとつ、お願いがあるのですが」と申し出た。

右京のお願いとは工場を見せてほしいというものだった。警察手帳の威力は大きく、従業員は右京と亘を工場の中に案内した。

右京が注目したのは薬品棚だった。棚の扉には収納されている医薬用外毒物の一覧表が掲げてあった。水銀や硫化燐とともにシアン化ナトリウムが記載されていることに目をつけた右京は扉を開けようとしたが、鍵がかかっていて開かなかった。

別の場所を調べていた亘が右京を呼んだ。亘は観葉植物の鉢植えを見つけたのだった。亘は植物の根元に土の代わりに敷き詰められたピンク色の球状の化学物質をつまみあげた。

「ハイドロビーズですね」

右京は葉をしげしげと見つめ、「この葉、美由紀さんが握っていたものと同じ種類の葉ですね」

「ここが犯行現場って可能性は高いですね」

〈中村ケミカル工業〉の工場を出た右京と亘は、駅前の喫茶店〈フクモリ〉へ向かった。ふたりが到着したとき、中村隼は二十代と思《おぼ》しき女性へ別れ際にお守りを渡すところだった。女性が去ったところで、ふたりは中村に事情聴取をおこなった。

「Uターン? 違いますよ。今朝は仕事の前にちょっとドライブして、それであの騒ぎに遭遇して……。ちょうど戻る時間になったんで帰った。それだけですよ」

今朝、別荘地にいたことに対して、中村はそう説明した。

「ちょっとドライブにしては、随分距離がありますけどね……」

亘が疑いの目を向けると、中村は笑った。

「よくあるんですよ、ぼんやり運転してたらつい遠くまで来ちゃったり。ありません、そういうこと?」

「あります」右京は中村の言い分を認め、「では、被害者、尾崎美由紀さんと面識は?」

「もちろんありません。あの……もういいですか? そろそろ戻らないと」

迷惑そうな顔で立ち上がる中村を、亘が引き止めた。

「工場にあった観葉植物とシアン化ナトリウム、任意で提出していただけませんか？」

「えっ？」

「なんか不都合でも？」

「いえ……別にいいですけど」

渋々認めた中村が帰ったところで、右京が言った。

「君、なかなか強引ですねえ」

「いやいや、いやいや」亘が大げさに顔の前で手を振る。「右京さんもなかなか強引ですよ」


伊丹と芹沢は雨宮の証言を確認すべく、雨宮のマンションを訪れた。俗に億ションと呼ばれる高級マンションで、まるでホテルのように受付があり、女性のコンシェルジュが常駐していた。

伊丹が雨宮の足取りを尋ねると、コンシェルジュは記録を見ながら答えた。

「雨宮さまはゆうべ、二十時二分にご帰宅なさいました。預かっていた宅配便をお渡ししましたので間違いありません」

それを聞いた芹沢が伊丹に耳打ちする。

「雨宮が会社を出たのが十九時、そこから別荘に行ってこのマンションに戻ったとなると、三時間はかかりますよ。犯行は無理っぽいっすね」

伊丹はしばし考え込み、コンシェルジュに言った。

「このマンションの警備責任者を呼んでいただけますか？」

コンシェルジュが承知して受話器を取ると、今度は芹沢に言った。

「一回戻ってアリバイを作り、裏から抜け出せば犯行は十分に可能だ。このマンション、徹底的に調べるぞ」

二

翌朝、右京が登庁すると、亘はすでに特命係の小部屋でパソコンを開いていた。

「俺、昨夜ひと晩考えたんです。中村が怪しいとして、美由紀さんとの接点はなんだろうって」

右京は誘われるように亘のパソコン画面をのぞき込んだ。

「ああ、例の人生相談の掲示板ですね」

「ええ。美由紀さんに対して厳しい意見が多い中、ひとりだけ優しいコメントをしている人がいましたよね。『あなたの気持ち、よくわかります』『なんでも話してください。力になります』って。この人のハンドルネームがヘリファルテなんです」

亘が画面の該当部分を目で示す。

右京は納得顔で、「ヘリファルテ……なるほど。ヘリファルテはスペイン語で隼《はやぶさ》のことですね」とうなずく。

「中村の下の名前は、隼と書いて『じゅん』です」

右京の眼鏡の奥の瞳が輝く。

「つまり、ヘリファルテは中村さんである可能性が高い」

亘はさらにひとつの可能性を示唆した。

「このサイトには、直接メールのやり取りをできる機能があるんです。二カ月前に美由紀さんが相談をやめたのは、直接メールのやり取りを始めたからじゃないでしょうか」

「その可能性は極めて高いですねえ」

「それともうひとつ。ヘリファルテは、どうやら過去にも色んな人物の相談に乗っていたようです」

亘がヘリファルテの名前をクリックすると、投稿履歴が表示された。トピックのタイトルは、「自殺したい」「もう、生きていけない」「死ぬ方法、教えてください」「職場でいじめられて、死にたいです」と、どれも、自殺願望のある人間が立てたものばかりだった。

「ちょっと失礼」興味をそそられた右京が最後のトピックをクリックした。「この職場でいじめられている人の相談にも、熱心に乗っていたようですねえ。直接会ってお話がしたい、というようなことが書かれています」

「何か魂胆があったとしたら？」

「魂胆とは？」

右京の質問に亘が即答する。

「例えばナンパ目的……だとすれば、中村が美由紀さんに恋愛感情を抱き、痴情《ちじょう》のもつれで殺害。雨宮氏に罪をなすりつけた……なんて推理が想像できますが」

「君……推理好きですか？」

亘が「まあ」と認めたとき、米沢が入ってきた。

「先ほど雨宮氏の容疑が晴れて帰されたと聞きましたので、一応ご報告をと」

「雨宮はシロだったんですか」

訊いたのは亘だったが、米沢はそれを無視し、右京に報告した。

「雨宮氏のマンションは、裏口にも駐車場にも防犯カメラがついていました。そこで、防犯カメラの映像をすべて確認したところ、雨宮氏は二十時に帰宅してから朝まで一歩も外出していないということがわかったというわけです」

「じゃあ、捜査はふりだしですね」

亘が天井を仰ぐ。

「今、美由紀さんの交友関係を改めて調べ直しているようです。ところで、ご依頼のあったハイドロビーズとシアン化ナトリウムですが、現場および体内から検出されたものと一致しました」

米沢が差し出した鑑定書を右京が受け取った。

「どうもありがとう」

「さすがですなあ。すでに有力な容疑者を見つけておられたというわけですか」

米沢が右京に敬意のこもった目を向けた。

ふたりは〈中村ケミカル工業〉へ急行し、社長の中村隼と面会した。中村が提出したハイドロビーズとシアン化ナトリウムが現場のものと一致したと聞いて、中村が反論した。

「でも、ハイドロビーズは市販のものだし、シアン化ナトリウムも業務用ですが、特殊なものでは……」

「しかし、そのふたつとさらに被害者が握っていた葉の種類まで一致したとなると、こちらの捜索令状を取るには十分なんですがねえ。令状を取って改めて参りましょうか？」

右京が強引に進めると、中村の顔色が変わった。

「わかりました……。本当のことをお話しします」

中村が机の引き出しの鍵を開け、中からスマートフォンを取り出した。ピンク色のケースが付いているが、ディスプレイにはひびが入っていた。

「美由紀さんのものです。落として壊してしまったので保管していたんです」

「やっぱり美由紀さんはあなたが……」

亘から疑いの目を向けられて、中村は大きく首を振った。

「いえ！　僕が外出先から戻ってきたとき、美由紀さんはすでに死んでいたんです。棚の鍵がかけ忘れられていたようでした。彼女のスマホの中に遺書がありました」

壊れていても美由紀のスマートフォンはまだ動き、中村がメモ帳を表示した。

ヘリファルテ様
彼の思い出はすべて処分しました。でもやっぱり新しい人生を踏み出すなんてできません。約束してくれましたよね？　もし私が死んだら、彼と初めて出会った彼の別荘につれていってくれるって。だからお願いします。彼の名前は雨宮一馬。住所は東京都南多摩郡……

「遺書の中に雨宮という男の別荘に運んでほしいと書かれています。それで僕は彼女の遺体を……」

「運んだっていうんですか？」

そう発言したのは伊丹だった。中村の供述の途中で伊丹と芹沢が現れ、警察手帳をかざした。

「あとはこちらで引き取らせていただきますよ、警部殿」

「ご随意に」

伊丹は亘に向かって、「それからお客さま。ご忠告申し上げたと思うんですが、特命には関わるなと」

「刑事でもないんですし、ましてや特命係でもなんでもないんですから。余計なことすると出世に響きますよ」

芹沢の忠告に、亘は天井を見上げて言った。

「もう出世してますから」

中村は連行されていったが、右京はちゃっかり美由紀のスマートフォンを手に入れていた。

伊丹と芹沢は警視庁の取調室で中村を取り調べた。

「遺体を運んで遺棄するのは立派な犯罪なんですよ。彼女のためになぜそこまで？」

芹沢の質問に、中村が硬い表情で答える。

「彼女と約束したんです。彼女の身にもしものことがあったら彼のもとに送り届けるって。そのときは彼が誰なのかも知りませんでしたし、本当に死ぬなんて思っていなかったから」

「だからってあなたね……」

芹沢が呆れると、中村が過去の回想話を始めた。

「それに……五年前と同じことを繰り返したくなかったんです。結婚の約束をしていた彼女が難病にかかってしまって……。どうせ死ぬなら家で死にたい。家に帰してほしい。そう何度も言われました。でも、僕はその願いを叶えてやれなかった。彼女は病苦に耐えきれず、自らチューブを抜いて命を絶っていたんです。だから今度は……」

「つまり、死んだフィアンセの願いを聞いてやれなかった罪滅ぼしに自殺した美由紀さんを運んであげた……と?」

「ええ。だから僕は運んだだけなんです。殺してなんていない。殺す理由がない」

伊丹が大きく溜息をつく。

「お涙頂戴の作り話で、警察だませると思ってるのか? 何が『殺す理由がない』だ。美由紀さんはここ一カ月、誰かにストーカーされていたという証言があがってるんだよ」

その情報源は雨宮だった。雨宮によると、美由紀はひと月ほど前から、「優しい人ほど怖い」と怯《おび》えていたらしかった。

「彼女を怯えさせていたのはあなたじゃないんですか？」

恫喝《どうかつ》するように迫る伊丹に、中村が懸命に潔白を訴える。

「違います！　僕はストーカーなんて……」

伊丹が力を込めてテーブルを叩く。

「ネタはあがってるんだ。言い逃れはできねえぞ」

三

右京は鑑識課へ行き、美由紀のスマートフォンに残された遺書を受け取った。米沢が復元し、プリントアウトしてくれたものだが、亘はこの遺書について懐疑的だった。

「スマホなら誰でも打てます。中村さんが美由紀さんを殺害後、これを打ち、万が一自分に疑いが向いたとき、これを根拠に自殺だったと言い張るつもりだったと考えれば、筋は通ります」

「捜査一課もそう見てるようですねえ。あっ！」右京が手を打った。「君に見てほしいものがあります」

右京が取り出したのはウサギの絵のついたコルクだった。

「例のコルク……何かわかったんですか？」

「これでした」

続いて右京が持ってきたのは『家紋全集』だった。開かれたページにはさまざまな家紋が載っていたが、その中の「真向き兎《うさぎ》」という家紋がコルクの絵と一致した。

「でも、なんで家紋がワインのコルクに……？」

「調べてみましたが、市販のワインにこのようなコルクのものはありませんでした。となると、この家紋を持つ人物が何かの記念にワインを作り、そのコルクに家紋を入れたということになるのでしょうかねえ」右京は一旦ここで言葉を切り、さらに続けた。

「ちなみに、美由紀さんの家の家紋も雨宮家の家紋もこのウサギではありませんでした」

「それが何か事件に関係が？」

亘の疑問に右京は、「今のところまだわかりませんがね」と答えた。

「右京さんは、中村が犯人じゃないと思ってるんですか？」

「中村さんの言っていることは一応、筋が通っています。ストーカーだったという雨宮さんの証言を除いては」

「その証言が嘘だって可能性もあると？」

亘が疑わし気に訊く。

「あくまで可能性ですがね」

「でも、そんな嘘つく理由、雨宮氏にありますか？」

「今のところありませんね。あくまで今のところですが」

「中村は遺体を運んだだけだった」亘が右京の考えを反芻《はんすう》する。「だとしても、これだけ証拠が揃っていたら殺人で確実に有罪です」

「ええ、今のところ中村さんが圧倒的に不利ですね」

右京が再三「今のところ」を強調した。そこへタブロイド紙を手にした角田が入ってきた。

「おい。早速出てるよ、雨宮の記事」角田が一面のトップ記事を見せた。「でも、結局はシロだったんだろ？　俺としちゃ気に入らないけどね」

記事を目にした右京は「なるほど。そういうことでしたか」とひとり合点すると、大急ぎでジャケットを着て部屋を飛び出し、「冠城くん！」と呼んだ。亘はわけがわからなかったが、慌ててあとを追った。

右京が向かったのは、女優の青山奈緒と結婚したばかりの青年実業家志茂田が経営するイタリアンレストランだった。右京と亘が鹿爪《しかつめ》らしくテーブルについていると、ワインボトルを手にした志茂田がやってきた。

「いらっしゃいませ。オーナーの志茂田です。ご覧になりたいというのは、こちらでしようか？　これは、当店の創業十周年を記念して作られた非売品なのですが……」

「ああ、これです！」右京が目を輝かせる。「なんでもフランス、ポムロールのひと畝《うね》を買い取って作ったワインだそうですね。ビロードのような滑らかな舌触りと芳醇《ほうじゅん》なブーケを併せ持つワインだと風の便りに聞いたもので、ぜひ一度味わわせていただけないかと思いまして……」

志茂田は感心したような眼差《まなざ》しで、「お客さまはワインに造詣《ぞうけい》が深くていらっしゃるようですね」

「恐縮です」

「わかりました。そんな方に飲んでいただけるのなら、このワインも本望でしょう。では今日は特別に」

鷹揚《おうよう》な態度を見せてコルクを抜く志茂田の右手をじっと見つめて、右京が言った。

「嬉しいですねえ。あっ、ちょっと失礼。その指輪、サファイアでしょうか？」

「えっ？」

「つい先日、お姿をテレビで拝見したときに、チラリと目にして印象に残っていたもので……」

志茂田は当惑しながら、「誕生石なんでいつも」と答えながら、抜いたコルクをトレイの上に置いた。

「ちょっと失礼」

右京がコルクを手に取る。そこには真向き兎の家紋が描かれていた。

「何か？」

訝《いぶか》しむ志茂田に右京が警察手帳を掲げて見せた。

「申し遅れました。警視庁の杉下と申します」

「警察？」

「このコルク、尾崎美由紀さんの部屋にあったものです。この間亡くなった尾崎美由紀さん、ご存じですよね？」

亘が問い質《ただ》すと、志茂田の目が泳いだ。


その翌日、右京と亘は雨宮の別荘を訪れた。ふたりが着いたとき、雨宮は何をするでもなく、庭の石段に腰かけて風景を眺めていた。その視野にふたりが入ったのか、雨宮が向き直る。

「あなたはたしか警察の……」

「すみませんね。お休みのところ」

「なんでしょう？」

「実は事件の真相がようやくわかりましたので、そのご報告に」

「警察がそんな言い訳を信じたんですか？　美由紀はストーカーに怯えていたんですよ」

美由紀さんをここに運んだということだったんです」

「美由紀さんは中村さんの工場で自殺し、亘が補足する。遺書を残した。中村さんはその遺書に従って
ズボンのポケットに手を入れたまま、

「いいえ。美由紀さんは自殺でした」

そう訊く雨宮に右京は答えた。

「犯人がわかったんですか？」


雨宮の抗議の声を封じるように、右京は「サファイア」と言った。

「え？」

「美由紀さんは掲示板で恋人のことをそう呼んでいました。いつも、サファイアの指輪をしているからとその理由も書いてありました。ところが、過去の写真を見る限り、あなたはサファイアの指輪など一度もしていません。つまり、あなたは……サファイアではなかった」

「本物のサファイアは別にいたんです」

亘の脳裏に昨夜のイタリアンレストランでのひとコマが蘇る――。

目を泳がせる志茂田に亘はこう言った。

「ひどいんじゃないですか？　彼女、亡くなったんですよ。なのに名乗り出ることもしないなんて」

「名乗り出られるわけないでしょう。結婚したばかりなんだ。まずいなあ……彼女にバレたら離婚だよ」

志茂田はこう答えたのだった――。

右京が雨宮の告発を続ける。

「あなたは、美由紀さんが自分と同じ青年実業家と付き合っているという偶然を利用し、サファイアになりすまし、恋人のふりをした。目的は中村さんが美由紀さんのストーカーをしていたかのような証言をして、殺人の罪を着せるため。あなたがそんなことをしたのは、やはり半年前に自ら命を絶った妹さんの復讐……でしょうかね？」

拳を握り締める雨宮に亘が言った。

「妹さんは美由紀さん同様、ネットの中でヘリファルテ……つまり、中村さんに相談に乗ってもらっていたようですね」

ついに雨宮が口を開いた。

「妹の遥香《はるか》はあいつのせいで死んだんだ。妹は独立心が強くて、僕が成功してからも僕を頼ろうとはしなかった。だから僕は、妹が長い間、職場で嫌がらせを受けていたことなど知らなかった。僕は忙しくて断ってしまったが、妹が僕に会いたいと連絡してきたその夜、妹はビルの屋上から身を投げて死んだ……。妹に何があったのか知りたくなってパソコンを開けてみると、妹がネットの掲示板で相談していたことを知った。妹はヘリファルテと頻繁に会っていた。妹が身を投げる直前にも。調べてみると、奴は妹の他にも多くの自殺志願者の相談に乗っていることがわかった。パソコンのＩＰアドレスを辿《たど》って、ヘリファルテの正体を突き止めた」

「あなたは中村さんに会いに行ったのではありませんか？」

右京の推理に、雨宮がうなずく。

「〈中村ケミカル工業〉の工場で、女性が自殺しているのを見つけた。携帯に遺書が残っていた……」

供述を続けながら、雨宮はその遺書の内容を思い出していた。

――もし私が死んだら、彼と初めて出会った彼の別荘に連れていってくれるって。だからお願いします。彼の名前は志茂田光一。住所は神奈川県足柄下郡……。

「……別荘で出会ったという内容から、掲示板で相談していた『Ｍ』という女性だとすぐにわかった。この女性も妹と同じだ。彼女を利用すれば中村を陥《おとしい》れられる。そう考えて、遺書の最後を書き換えた。志茂田光一を雨宮一馬にし、住所も僕の別荘のものにした。あとはマンションに帰り、アリバイを作った。中村はまんまと彼女の遺体をここに運んだ。すべてはうまくいったんだ。あなたたちさえ現れなければ」

雨宮が長い告白を終えた。

「だけど、見ず知らずの人の恋人を装うなんて、そんな嘘バレると思わなかったんですか？」

呆れた顔で訊く亘に、右京が代弁した。

「美由紀さんが遺書で初めて恋人の名前を明かしていることからみて、中村さんは恋人の名前までは知らないはず。その恋人、志茂田さんは女優と結婚したばかりで名乗り出るはずがない。うまくいくと踏んだんですね」

「あいつと会うようになってわずか一カ月で妹は死んだんだ。あいつのせいなんだ。妹を死なせたあいつがなんの罪にもならないなんて、おかしいだろ！」

雨宮が声を震わせた。

「とりあえず出頭してもらうってことですね」

亘が右京に確認する。

「ええ」右京はうなずき、雨宮に向かって左手の人差し指を立てた。「その前にひとつだけ教えていただきたいのですが……。妹さんが飛び降りたビルは、たしか千葉にありましたね。妹さんはそこと何か関わりがあったのでしょうか？」

「いいえ、何も。なぜあんなところで死んだのか、僕にもわかりません」

雨宮が悔しげに唇を噛《か》みしめた。

四

警視庁捜査一課のフロアで、芹沢が伊丹に話しかけた。

「中村、保釈金積んで保釈になったようですよ」

「気に入らねえなあ」伊丹が口を歪める。「あいつが死体を運ばなきゃこんな面倒なことにはならなかったんだ」

「しかし、死体遺棄とはいえ本人に頼まれてしたことですからね。裁判でも執行猶予つくかもしれないっすよ」

芹沢の見立てに、再び伊丹が口を歪める。

「気に入らねえなあ……」


中村隼の携帯にメールが届いた。差出人は福本早紀《ふくもとさき》、中村が先日喫茶店〈フクモリ〉で会い、お守りを渡した相手だった。メールの内容は、これから飛び降り自殺をするという物騒なものだった。

中村は慌てて福本早紀の元へ急いだ。

とあるビルの下。周りの地面に目を走らせたり、屋上に目をやったりしている男の背後から、亘が声をかけた。

「早紀さんなら無事保護されましたよ」

びくりと驚いて振り返った男は中村だった。亘の陰から姿を現した右京が、中村に語りかける。

「雨宮さんの妹さんが身を投げたビルのことが気になっていましてね。なぜ彼女は縁もゆかりもない千葉のビルで死んだのか。調べたところ、そのビルにはあなたの会社の取引先のオフィスが入っていました」

右京の言葉を亘が継ぐ。

「それで、ネットであなたが相談に乗ってる自殺願望のある人たちを片っ端から探していったんです。そしたら、その中のひとりが今朝から行方不明になってて、パソコンでこのビルへの行き方を検索していたので慌てて来てみたら、飛び降りる寸前でした」

再び右京が前に出た。

「彼女いわく、このビルのことはあなたから聞いたと。人は来ない、景色もいい、死ぬには最適な場所だと。ご丁寧に住所をプリントして、お守りに入れて渡したそうですね。となると、美由紀さんの自殺も同じだったのではないかと思えてきました。美由紀さんはあの時間、あなたの工場に行けば誰もおらず、薬品が入っている棚も鍵がかかっていないことをあなたから知らされていたのではないでしょうかね？　他にもあなたがネットで相談を受けていた人たちの中に自殺をした人が複数、確認できました。詳しく調べればあなたとの関わりも色々とわかってくると思いますよ」

「何が悪いんでしょうか？」

中村が右京の目をじっと見つめて訊いた。

「はい？」

「何不自由なく暮らしているあなた方には、わからないかもしれない。だけどね、世の中には生きるのが死ぬよりつらい人がいるんです。それを死んではいけないと止めるのは、幸せな人間の傲慢《ごうまん》ですよ」

中村は自分の考えにいささかの疑問も抱いていないようだった。視線を逸《そ》らすことなく、さらに持論を展開した。

「僕は何年も自ら命を絶とうとする人間をネットの中で見張り、なんとか思いとどまらせようとしてきました。直接会って相談したいという人には会って、心を変えようとした。でも、そうしているうちにわかったんです。世の中には死んだほうが幸せな人間がいるってことが。僕はそんな人たちに、楽に死ねる方法を教えてあげているだけです。人助けです。何がいけないんでしょう？」

「本当にそうでしょうか？　あなたがそんなことを続けているのは、過去に自らが犯した罪の意識を正当化するためじゃありませんか？」

右京の言葉で中村がふいにうろたえた。

「罪？　なんのことです？」

亘が疑問を提示した。

「五年前、亡くなったあなたの恋人、自殺と言っていましたが本当にそうなんですかね？」

「どういう意味です？　彼女は自分でチューブを外したんです。遺書もあったんですよ？」

「たしかに遺書はありました」と右京。「彼女は死にたがっていた。だから、誰も彼女の自殺を疑う者はいませんでした」

「だって自殺だったんですから！」

中村が抗弁《こうべん》すると、右京が質問した。

「では、なぜあなたは彼女が亡くなった時間に病院に来ていたのでしょう？　それも、受付を通らずにこっそりと彼女の部屋に入った」

「なんのことです？」中村が白《しら》を切る。「僕が病院に駆けつけたのは、彼女の死を知らされてからです。それまでずっと工場にいた！」

ここで右京が切り札を出した。

「いいえ！　あなたは病院に来ていました。彼女が繋がれていたチューブが外されたのは、十一時から十二時の間です。ところが、十一時三十分、あなたは信号無視で取り締まりを受けていました。場所は病院のすぐ近くの交差点です。その時刻、工場にいるはずのあなたがなぜ病院の近くで交通違反の取り締まりを受けていたのでしょう？　あなたは人目に触れないように彼女の部屋に入り、チューブを抜いたのではありませんか？　つまり、あなたが彼女を殺した」

右京の告発に呆然《ぼうぜん》となり、中村がふらふらと歩き始めた。右京がその前に立ちふさがって続ける。

「その罪の意識を正当化するために、あなたは人助けだと自分に言い聞かせ、同じことを繰り返している。いや……というよりも、あなたは何かに取りつかれてしまっている」

「彼女は苦しんでいましたからね」中村が開き直った。「彼女のためにやったんです。生きることが死ぬよりもつらい人には、僕のような人間の助けが必要なんです！」

「どんな理屈をつけても、あなたがやったことは殺人だ。あなたは人を殺したんです」

亘が険しい顔で言い放つと、右京が声を荒らげて叱責した。

「たしかに死にたいほど苦しんでいる人はいるでしょう。しかし、だからといって、人が人の命に勝手に見切りをつけていいはずがない。思い上がるんじゃありませんよ！　苦しんでいる人たちに生きる道ではなく、死を選ばせているあなたは、まさに死に神ですよ！」

崩れ落ちる中村の口から嗚咽《おえつ》が漏れた。


その夜、右京は亘を〈花の里〉に初めて連れてきた。

「いらっしゃいませ」と客を迎える女将《おかみ》の月本幸子を見るなり、亘が言った。

「あっ、きれいな人。ここが右京さん行きつけの店ですか。冠城と申します」

「冠城さん？　ああ、新しい……」

幸子の言葉を右京が遮《さえぎ》る。

「新しい、なんでしょう？」

「ですから特命係の……」

「いいえ」右京が首を振って否定する。

「えっ、でも……刑事さんなんですよね？」

「いえいえ」亘は手を振って否定した。

「単なる同居人です」

右京の答えに幸子が笑う。

「同居人……よくわからないですけど、でもよかったじゃないですか。一緒に飲めるお友達ができて」

「お友達ではなく同居人です」

きっぱり言い張る右京の横から、亘が幸子に話しかけた。

「今度、右京さん抜きでひとりで来ますので」

「ありがとうございます」

ほほ笑む幸子に右京は、「幸子さん、僕はいつものを」と熱燗《あつかん》を頼み、亘に訊いた。

「君、何にしますか？　冠城くん？」

「はい？　ああ……」

女将に見とれていた亘は我に返って、「じゃあ、白ワインを」と、ダンディを気取った。

第四話「ファンタスマゴリ」

一

　クラシック音楽が静かに流れる行きつけの紅茶専門店で杉下右京はひとり紅茶の香りを楽しんでいた。そこへ新しく客が入ってきて、「杉下」と呼んだ。顔を上げた右京はそこに懐かしい人物の姿を見つけた。

「片野坂《かたのさか》さん」

　入ってきた客の名前は片野坂義男《よしお》。右京の捜査二課時代の上司であった。

「奇遇だな、こんな所で会うなんて。いいか？」

　片野坂が右京の正面に座った。頭髪は真っ白で顔の小皺《こじわ》も増えたが、顔色はよさそうだった。

「二十年ぶりだな」

「そんなに経ちますか、あなたが警察を辞めてから。で、お仕事のほうは順調なんですか？」

「まあな」片野坂が笑顔で応じた。「捜査二課時代にさんざんぱら経済犯をしょっぴいてきて思ったのさ。俺ならもっとうまくやれるって」

「それで金融コンサルタントになったわけですか。顧客の中には裏社会の人間もいるとか」

「元捜査二課長の肩書は重宝してるよ」

右京が記憶を探る。

「たしか十年前に一度、詐欺罪で起訴されていますね？」

「まあな。俺も立派な前科者だ」

「抜け目のないあなたが、よもやと思った記憶があります」

片野坂が身を乗り出した。

「捜査二課のエースだったお前が今は窓際部署にいるらしいな。俺と一緒にやらないか？」

「僕は結構です」

「ノリが悪いな」片野坂が立ち上がる。「飲みに行こう。男ふたりで紅茶啜《すす》っててもしようがないだろう」

「結構です」

きっぱりと断る右京に、片野坂が含みを持たせてつぶやく。

「柳本愛《やなぎもとあい》……」

ティーカップを持ち上げようとした右京の動きが一瞬止まった。その名前は右京の記憶を強く刺激したようだった。

片野坂は高級ホテルのスイートルームに右京を案内した。チャイムを鳴らすと、引き締まった体つきの屈強そうな男がドアを開けた。

「ここが俺のオフィスだ。こいつはボディーガード」片野坂は右京を部屋に招き入れ、カップボードの上のウイスキーボトルを手に取った。「飲むだろう?」

「いや、僕は結構」

「断るなよ、俺の酒を」

片野坂がグラスにウイスキーを注《そそ》ぐ間ももどかしそうに右京が促した。

「柳本愛さんの話というのは?」

「覚えてたか?」

「忘れるわけもありません」

片野坂はグラスを口に運び、「もう二十年か……。俺らも歳を取ったが、譜久村翁《ふくむらおう》はもう九十だぞ」と言った。

譜久村聖太郎《せいたろう》は戦後七十年間、日本の黒幕と言われてきた怪物のような男だった。莫大な財力を武器に、その権力は政財界から裏社会にまで及んでいた。戦後の大きな疑獄《ぎごく》事件の際には必ずといっていいほど名前が挙がったが、検察も警察も誰も手出しできなかった。

右京と片野坂はその譜久村を立件しようとした。右京が見つけた小さな穴を突破口に、当時の証券取引法違反で譜久村をしょっぴく算段だった。

そのためにふたりは証券マンの柳本孝《たかし》を徹底的に追い込んだ。ところが、柳本は自殺した。

右京が苦々しい口ぶりで回想する。

「譜久村によるトカゲの尻尾切りでした」

「柳本ひとりが死んで真実は闇に葬られた。俺たちは結局、譜久村に会うことさえできなかった。それが、今や譜久村翁のコンサルタントとして屋敷に出入りしてるんだから、皮肉なもんだよな」

「昔話はこれくらいにして、そろそろ本題に入っていただいてもいいですか？」右京が焦《じ》れる。「柳本さんの娘に何があったのでしょう？」

「最近、柳本愛に再会してな。いい女になってた。単刀直入に言って惚《ほ》れた」

「事件当時、彼女は十二歳でした。今や三十代といっても、随分年下だと思うのですが」

右京は表情を変えなかったが、声には諫《いさ》めるような調子が含まれていた。

「野暮《やぼ》なこと言うなよ」片野坂は一向に気にするようすもなく、「それがここ一週間、彼女が音信不通でな。他に男でもできたのか……ちょっと調べてくれないか？」

「どうして僕が？」

「お前だって気になるだろう？」

片野坂が思わせぶりに昔の部下を見やった。


挨拶代わりに「暇か？」と言いながら角田六郎が入ってきたとき、特命係の小部屋では冠城亘がネルドリップでコーヒーを淹《い》れていた。

「ええ、僕は暇ですけども。右京さんはご覧のとおり調べ物」

右京はパソコンで警察のデータベースにアクセスし、柳本愛の情報を調べていた。運転免許証の情報から、現住所や本籍地、勤務先などが検索できるようになっている。

角田はつぶさにデータを眺める右京にちらっと目をやり、「冠城さん、あんたせっかく法務省から出向してきたのにコーヒーばっか飲んでるね」と、自分のことを棚に上げて亘をからかう。

「コーヒー好きですから。課長、どうですか？」

「いや……俺はやっぱこっちのほうがいいよ」

角田が持参したマイマグカップを片手にコーヒーメーカーのほうへ近づいていく。右京は角田と亘の軽口には耳も貸さず、パソコンの電源を切って上着を着こんだ。

「僕は出かけてきます」

「えっ……どこ行くんですか？」

亘の質問に、右京は「ちょっと人捜しを」と答えて部屋をあとにした。

柳本愛のマンションを訪れた右京は、管理人に警察手帳を見せて、部屋の鍵を開けてもらった。

部屋はきれいに片づけられていたが、テーブルの上にハンドバッグが載っていた。右京が手袋をはめた手でバッグを探ると、現金の入った財布やパスポートが出てきた。さらに部屋中に目を走らせた右京は、床に残った小さな汚れを見つけた。どうやらテーブルの脚がずれた際についた痕跡のようだった。

他に目を引いたものは、花瓶に活けられた青いバラの花だった。バラはすでに枯れてしまっていた。

愛の勤務先が〈公益財団法人全日本バラ協会〉であることを思い出した右京は、次にその職場を訪れた。受付で面会を乞うたところ、愛は長期海外出張中だと告げられた。申し訳なさそうにほほ笑む受付嬢の後ろの壁に、〈全日本バラ協会〉のポスターが貼られていた。そこに青いバラの写真とともに譜久村聖太郎の顔写真が載っているのを見つけ、右京の次の訪問先が決まった。

そうして譜久村邸を訪れた右京だったが、その先が一筋縄ではいかなかった。約束のない人間は敷地の中に入れられないと、守衛にけんもほろろの態度で追い返されるのだ。

ところが右京は強運の持ち主だった。押し問答をしているさなか、大きなリムジンが帰ってきたのだ。

後部座席の窓を開け、譜久村が顔を出した。

「どうした？」

譜久村に問われて、守衛が答える。

「こちらの方が庭のバラを見たいとおっしゃっているのですが、お断りしていたところです」

「庭からバラの香りがしたものですから。それもイギリス留学時代に嗅いだバラの香りに似ていたもので……」

すかさず右京が申し出ると、譜久村は鷹揚《おうよう》に「庭に通しなさい」と言った。

譜久村邸の広大な庭にはさまざまな品種と色のバラが植えられていた。

右京は青いバラを見つけると目を輝かせた。

「ああ、これは素晴らしい。青いバラとは珍しいですねえ。香りを嗅いでもよろしいでしょうか？」

「もちろん」

譜久村が同好の士に許可を出す。

右京はにおいを嗅ぎながら、「どちらのバラですか?」

「品種改良でね、私が作ったもの」

「ご自分で品種改良までなさるとは手間のかかることでしょうねえ」

譜久村が自慢気に答える。

「手間とは思わんな。私は子供も孫もおらんが、この庭のバラたちがね、私の子供であり孫なんだよ」

「なるほど」

「そういえば、君の名前をまだ聞いてないな」

右京が黒幕に向き直る。

「申し遅れました。杉下右京と申します」

譜久村の顔が険しくなる。

「杉下右京……二十年前、警視庁の捜査二課に同じ名の男がおった」

「それが僕です。お会いしたこともないのに、一介の刑事の名前を覚えてくださっているとは光栄です」

「私はね、自分に立ち向かった人間の名前は死んでも忘れん」譜久村は語気を強めたあと、ボディーガードに、「お帰りだそうだ」と言い放った。

「ああ、最後にもうひとつだけ」右京がぬけぬけと左手の人差し指を立てる。「植物ではなく動物を育てることはないのですか？」

「昔、野良犬に咬《か》まれたことがあった。それ以来獣は好かん。お帰りだ！」

強面《こわもて》のボディーガードが右京の肩を叩いた。


亘は法務省の事務次官、日下部彌彦に呼び出されていた。こんなときでもポケットに手を入れたまま事務次官室の窓から外を眺めている亘に、日下部が訊《き》く。

「杉下警部がかつて捜査二課にいたことは知っているか？」

「経歴では」

「彼は二十年前、譜久村聖太郎を捜査したことがあるらしい」

この言葉が亘を振り返らせた。

「あのフィクサーの……ですか？」

「うん。そしてまた今日、譜久村聖太郎を訪ねたそうだ」

「なんのために？」

「庭のバラを見て帰ったそうだが、何を考えているのか……」

「たったそれだけのことで法務省の事務次官にまで連絡が来て、僕が呼び出しを受ける。譜久村聖太郎の権力の一端を見た気がします」

「冠城、俺が言いたいことはわかるな？」

日下部が無言の圧力をかけると、亘は一拍間を空けて答えた。

「……了解です」

同じ頃、右京は警視庁刑事部長室に呼び出されていた。

「杉下！　よりによってなんちゅう大物に手を出してるんだ！」

参事官の中園照生が声を張り上げると、刑事部長の内村完爾が唸《うな》るように言った。

「何をやっても譜久村聖太郎には手が届かない。二十年前にわかっただろう？」

「人捜しをしているだけです。ご心配には及びません」

刑事部の大物ふたりから叱責を受けたくらいでひるむ右京ではなかった。

やはり同じ頃、片野坂は譜久村邸に呼びつけられていた。正座してかしこまる片野坂を前にして、譜久村が低い声で言った。

「杉下右京……。君の部下だった男が訪ねてきた」

「杉下が？　私も先日会ったばかりですが、何の用で来たんですか？」

「バラを見たいとか言ってな。紳士風を装い、獣のような目で私を見た。あの目は嫌いだ」

「敵に回すと厄介な男です。私が動きましょうか？」

　片野坂が声量を落として持ちかける。

「刑事一匹思い煩《わずら》うことはない。それよりデジタルマネーとやらの説明をしなさい」

　捜査二課あがりの金融コンサルタントは居住まいを正すと、鞄から書類を取り出した。

「今日は正式な契約書にサインをいただきます。おひとりで大丈夫ですか？」

「私を誰だと思ってる？」

「では、さっそく……」

　片野坂がノートパソコンを開き、デジタルマネー「ファンタスマゴリ」の説明を始めた。


　亘が特命係の小部屋に戻ったとき、右京はすでに自分の机で紅茶を飲んでいた。

「おかえりなさい。法務省から呼び出されたとか？」

　亘は顔色を変えないように努力して、「ええ、暇を持て余してるなら右京さんを手伝えと怒られました。まあ、例の人捜し手伝いますよ」

　それを聞いた右京が今回の事件のあらましを説明し始めた。

「二十年前、僕は譜久村聖太郎を当時の証券取引法違反で追っていました」

「譜久村は東京地検特捜部ですら手が出せなかった超大物。それを追うとはさすがですね」

亘が持ち上げるが、右京は首を振った。

「いえ、結局僕も立件できませんでしたから。なぜ誰も譜久村に手が出せなかったかわかりますか?」

「なぜです?」

「真実を知る人間が必ず死ぬからです。二十年前も証人となるはずだった証券マンが自殺」

「その娘が柳本愛さんなんですね」

右京は首肯《しゆこう》し、「彼女は父親の死後、身寄りがなく譜久村から経済的援助を受けながら生活。就職も譜久村が名誉顧問を務める財団法人でした」

「父親を死に追いやった代わりに人生丸ごと面倒をみたわけですか」

「そんな彼女が最近失踪したんです」

「失踪という根拠はあるんですか?」

亘が提示した疑問に、右京が論理的に答える。

「勤務先の財団法人では彼女は海外出張中だと言われましたが、彼女の部屋にはパスポートがあった。バッグには財布も入ったまま。几帳面に整理された部屋で、テーブルのずれは不自然です。そして、彼女の部屋にあったバラの花は譜久村邸の庭にあったバラと同じものでした」

「ということは、譜久村が彼女の失踪に関与してる？」

「確証はありません。また真実にたどり着けず、徒労に終わるかもしれませんが」

「でも、やるんですね」

「ええ」とうなずく右京に、亘は「お付き合いしますよ」と申し出た。

二

ふたりが最初に向かったのは、柳本愛の母校〈聖フランセス学園〉だった。きちんと制服を着用した育ちのよさそうな女子校生が行きかう構内で場違いな思いをしながら、柳本愛の友人で現在はこの女子校でシスターをしている牧野《まきの》希美《のぞみ》と面会した。

「柳本さんとは中学高校と寮で同部屋だったそうですねえ。最近、彼女から何か連絡はありませんでしたか？」

右京が口火を切ると、希美が寂しげに答えた。

「いえ。たしかに彼女とは学生時代、同部屋で仲も良かったのですが、私がシスターになってからは一度も会っていないんです」

「一度も？　なぜですか？」と亘。

「はっきりとはわかりませんが、私というより教会から身を遠ざけていた気がします」

すると右京が、「どうしてそう思うのですか？」と質問した。

「柳本さんは私と一緒にシスターになると言っていたのですが、結局はなりませんでしたし……」

「彼女がシスターにならなかった理由について、何か心当たりはありますか？」

右京の質問に、希美は少し記憶を探ると、「今にして思うと、高校二年の夏休みが終わるとシスターになる話はしなくなった気がします」

「夏休みに何かあったのでしょうか？」

「夏休みで思い当たるのはこの手紙くらいですが……」

あらかじめ訊かれる内容を予想していた希美は、持参してきた手紙を差し出した。

「拝見します」

右京が手紙を受け取った。

「彼女には学費を援助してくださる方がいたのですが……」

「譜久村聖太郎ですね？」

今度は亘が訊いた。

「ええ。夏休みの間、その方の海外の別荘を転々としていたはずです。彼女、筆まめでしたから、日を置かずに手紙をくれて……」

その言葉に右京が封筒を裏返すと、差出人の住所はモナコになっていた。別の絵ハガキはスペインから送られていた。

「彼女が旅行から帰ってきたのはいつか記憶にありますか？」

「夏休みの最終日だったと思います」

「そうですか……」

口ごもる右京に、亘が興味を示す。

「どうしたんですか？」

右京は手紙の日付を示して、「一九九九年八月十三日を最後に彼女からの手紙が途切れています」

右京と亘は牧野希美に別れを告げ、校庭に出た。

「夏休みの間に彼女の身に何かあったのかもしれませんねえ。そして、彼女はシスターになることをやめた」

右京がほのめかしている内容を亘が推し量る。

「夏休み、彼女は譜久村に……」

「彼女は譜久村にすべての面倒を見てもらっていました。言い方を変えれば譜久村に支配されていた」

亘が顔を曇らせた。

「どんな気持ちで二十年間、過ごしてきたんですかね……」

「彼女の勤務する財団法人の給与はかなり高額でした」

右京の指摘に、亘が応じる。

「おそらく譜久村の金でしょう」

「ですが、彼女の暮らしぶりはその収入から考えると実に質素なものでした」

愛の部屋のようすを思い浮かべながら、右京が言った。

「自分の境遇をそのまま受け入れていたわけではないということですね」

「彼女の残したレシート、会員券、診察券などをたどることで、少しでも手掛かりが見つかるといいのですがねえ」


右京の願いは叶った。診察券をたどって意外な事実を突き止めたふたりは、翌日ホテルのスイートルームを借り切っている片野坂を訪ねた。

「柳本愛さんは妊娠していました」

面会して早々に右京が先制パンチを繰り出す。

「俺の子じゃない」片野坂が否定する。

「そうですか。いずれにせよ彼女は失踪。いや、何者かに拉致《らち》された可能性が高いと思います。彼女と譜久村の関係についてはご存じですか？　あなたは譜久村邸に出入りしています。そこで彼女と再会したのではありませんか？」

想像を膨らませるかつての部下に、片野坂が怒りを露《あら》わにする。

「杉下、譜久村をつつくのはやめろ。もう彼女のことは調べなくていい」

「そう言われて僕が止まると思いますか？」

「今回は止まれ。俺は長い時間をかけて信頼を得て、やっと譜久村翁と仕事ができるところまで来たんだ。お前に邪魔をされたくない」

右京がテーブルの上にあったパンフレットを手に取った。

「ああ、これですか？　譜久村と進めている仕事というのは」

亘がパンフレットの見出しを口に出して読む。

「ファンタスマゴリ……」

「ええ」不得要領な顔になる亘に説明しようと、右京がパンフレットと並べて置いてあった幻灯機を指さした。「これを利用した幽霊ショーですよ。幻灯機で幽霊などの絵を映写するショーが十九世紀のイギリスで流行していました」

右京はここで片野坂のほうを向き、「ところで、なぜデジタルマネーに『ファンタスマゴリ』と名付けたのですか？」

「現実の資産をデジタルの世界で膨らます。ちょうど幻影みたいなもんだからな。いいネーミングだろう？」

「僕には実体のないものへの皮肉にしか聞こえませんがねえ」

「顧客は金もうけのことしか考えてない。さあ、帰ってくれ。くれぐれも余計なことはするなよ」

ふたりを追い出そうとする片野坂の顔の前に、右京が人差し指を立てた。

「では、最後にもうひとつだけ」

「何だ？」

「柳本愛さんですが、産婦人科で堕胎《だたい》手術を受けていました。行きましょう」

片野坂を絶句させたまま、右京と亘は去っていった。


鑑識課の部屋で、右京と亘が米沢とともに柳本愛のマンションの防犯カメラの映像を眺めていた。十月二十二日の二十時十二分、宅配業者のような格好をした男がふたりがかりで、かなり大きめの段ボール箱を運び出していた。

「ちょっと拡大してみましょうか」米沢がパソコンを操作すると、静止画像が拡大された。「拡大しても業者のロゴなどは確認できませんな」

「何かわかりませんか、角田さん」

亘がこのために呼びつけた組織犯罪対策部の課長が眉をひそめた。

「闇の業者だな。死体でも臓器でもなんでも運ぶ連中だ。お前ら、いったいなんの事件調べてんだ？」

「譜久村聖太郎についてです」

右京の答えに角田が驚きの声をあげる。

「えっ？」

「あの怪物を杉下警部が？」

米沢も心配するような視線を右京に向けた。

「ええ」

「この業者、譜久村と関係のある組織だと思うのですが……」

亘が持ちかけても、角田は否定的だった。

「いや、譜久村の息がかかった組織だったとしてもだよ、末端のワルがひとりかふたり捕まるだけでとても譜久村まで手は届かんぞ」

「柳本愛さんが事件に巻き込まれた可能性が高まってるのに、打つ手がなくなってきてますね」

亘が右京を試すかのようにちらりと見た。

「次なる手を考えましょう」

前向きな姿勢を崩さない右京に、亘がほほ笑みかけた。

「それなら僕の番だと思いますけど」

「はい？」右京が亘の顔を二度見した。

亘は右京を霞が関の喫茶店に案内し、東京地検特捜部の黒崎健太《くろさきけんた》と引き合わせた。

「黒崎は同期で親友なんです」

亘が右京に説明した直後に、硬い表情の黒崎が迷惑そうに訂正した。

「ただの同期です。杉下さんといえば、二十年前にFを挙げようとした？　あっ、Fというのは……」

「わかります」右京が手で制する。「では、イニシャルで話しましょう」

「なんでもいいから譜久村の情報ないの？」

決めたとたんに公共の場で本名を出すただの同期に苛立《いらだ》ちを隠さず、黒崎が応じた。

「Fについては我々、特捜も表立って動けない。しかし、わずかながら蓄積された情報があります。それを届けます」

翌日、黒崎から亘に十箱以上の捜査資料が送られてきた。

「黒崎の奴、『わずかながら』って、譜久村の情報、こんなに送ってきやがって」

同期の親友を非難する亘を、右京がなだめる。

「手が出せないなりにやれることはやった。特捜部の方々の執念を感じますねえ。ありがたく拝見しましょう」

「えっ、ちょっと……。これ、全部読むんですか？」

亘がいきなり音を上げると、右京はさも当然のように、「もちろんですよ」と答えた。ぼやきながら資料をめくる亘に抜き打ちテストでもするかのように、右京が言った。

「冠城くん、譜久村について、わかったことを言ってみてください」

「はい。譜久村聖太郎。帝国大学を首席で卒業した超エリート。戦後、天才的な錬金術師としての才覚とその金の使い方の絶妙さで日本の黒幕となる……」

亘の回答を聞きながらも資料をめくる手を止めていなかった右京が、途中で遮《さえぎ》った。

「冠城くん、ちょっとこれを見てもらえますか？　譜久村が自ら品種改良したバラの名前」

右京が指さした資料には、「聖なる愛」という字が記されていた。

「『聖なる愛』……聖太郎と愛、なんかふたりの名前を合わせたみたいですね」

「子供のように愛でているバラに彼女の名前を残したとなると、かなり強い思い入れを感じますねえ」

「たしかに……」

「それからもうひとつ」右京が人差し指を立てる。「譜久村にはバラの栽培を手伝う昔からの使用人、小路祐介《しょうじゆうすけ》さんという方がいたんですが……。その彼は一週間前に飛び降り自殺をしています」

「真実を知る人間が必ず死ぬ……」

亘が以前の右京の言葉を復唱した。

「小路さんが知っていた真実とはなんだと思いますか？」

右京がテストを再開した。

「素人の推理で恐縮ですが、譜久村は老齢にもかかわらず、柳本愛さんを愛人にし、執着していた。その愛さんが別の男の子供を妊娠した。譜久村は怒り、彼女を殺害。その秘密を知る小路祐介も口封じのために死なせた。いかがでしょうか？」

右京は軽くうなずき、「僕も殺人を疑っています。ですが、今のままでは状況証拠しかありません」

「どうします？」

「譜久村邸を正式に捜査して、確かめたいことがあるのですがねえ」

「でも、今ある材料で令状は下りないでしょう。不法侵入するわけにいかないし」

まっとうな意見を述べる亘に、右京は頭の中で思考を進めながらしゃべった。

「譜久村邸で決定的な証拠を捜すための理由となる別の決定的な証拠が必要です。何か別の切り口が。例えば、九十歳になる譜久村はこの二十年で急速に広まったテクノロジー、パソコンを本当に使いこなせているのでしょうか？」

目を通したばかりの資料を亘が掲げた。

「資料によると、携帯やパソコンは使っていないとか」

「そんな譜久村が片野坂さんのデジタルマネー『ファンタスマゴリ』を本当に理解していると思いますか？」

亘が今度は「ファンタスマゴリ」のパンフレットを取り上げて、「これ、いくら読んでも複雑で完全に理解はできませんでした」と本音を漏らした。

「片野坂さんが作ったシステムは非常に複雑で巧妙です。匿名性が高く、金の出どころがつかみにくい」

「マネーロンダリングに適しているというわけですね」

「ええ。このシステムは脱税の温床になり得ます。しかし、精査すれば必ずその匿名性を見破ることができます。さらに、片野坂さんが関与した証拠が見つかるかもしれない」

「どう動きます？」

目配せを送る亘に、右京が目配せを返す。

「これは経済事件です。僕の古巣の出番でしょうかねえ」

三

即日、捜査二課長の高木《たかぎ》利一《りいち》をはじめとする捜査員たちが令状を持って、片野坂がオフィスとしているホテルのスイートルームを訪れた。

「片野坂義男、脱税幇助《ほうじょ》の容疑で同行を願う」

高木の言葉に、片野坂が読んでいた本から視線も上げずに鼻を鳴らした。

「お前らに俺の作ったシステムが読み解けるはずがない。杉下だな」

そこへ最後尾から右京と亘が、捜査二課の捜査員たちをかき分けて片野坂の前へ現れた。

「どうも」

「お前、俺を裏切ったのか?」

「僕は誰も裏切ったりしませんよ。違法行為を見過ごすことができないだけです」

「お前の狙いは譜久村翁だな?」片野坂がかつての部下を睨《にら》む。「二十年前と同じだ。

お前はあの怪物に勝てない」

「おい、行くぞ」

高木の合図で、片野坂は警視庁へ連行された。

捜査二課の取り調べに対して、片野坂は「ファンタスマゴリ」が脱税に利用できると
すればそれはシステム上のミスであり、悪意はないと主張した。しかし、そのシステム
上のミスも脱税のための意図的なものだとして、片野坂は立件されることになった。

右京と亘は、警視庁取調室の隣にある部屋で、マジックミラー越しに片野坂を見てい

た。

「片野坂の顧客の中には譜久村もいる。明らかに表に出せない金です。当然申告もされていない。この流れをたどれば、奴も脱税容疑で逮捕できるじゃないですか」と亘。

「ええ」と右京が返事をしたとき、礼を述べに高木が部屋に入ってきて言った。

「片野坂は立件します。しかし、譜久村については我々は動きません」

「なぜです？」亘の抗議に対して、高木が沈痛な表情で応じた。

「上層部は二十年前の失敗がトラウマになっているんです。また今度、譜久村に盾突いて失敗したら、組織全体にとって致命傷になってしまう」


「このまま片野坂さんだけが逮捕されて、譜久村には手が出せずに幕引きですか……」

高木が帰ったあと、亘がぼやくのを聞いて、右京が曖昧《あいまい》に笑った。

「君にとっても、そのほうが都合がいいんじゃありませんか？」

「どういう意味ですか？」

「おおよその見当はつきますよ。法務省にも譜久村から連絡が入り、君が僕の見張りを頼まれた。そうですね？」

右京がかまをかけると、亘は素直に認めた。

「右京さんの言ったこと、当たってます。ただ、半分だけ」

「どういう意味でしょう?」

「日下部さんは『俺が言いたいことはわかるな?』と言いました。表の意味は右京さんを見張ること」

「裏の意味があるんですか?」

「日下部さんに言わせると、どうやら僕は向こう見ずな性格ということになるようです。つまり、調べてみていけるならいけ。そういう意味です」

さすがの右京もそこまでは予想していなかった。


後日、右京は亘を引き連れて、法務省へ向かった。亘に取り次がせ、事務次官と面会を果たす。

初めて右京に会った日下部は、腹心の部下の相棒をしげしげと眺めて、「杉下さんのお噂は冠城や甲斐さんから聞いてますよ」と笑い、腹心の部下に対しては、「出向中にとんだ大物がかかったな、冠城」と低い声で言った。

「杉下さんといると必ず何かが起きるんです」

日下部は感情を意志の力で封じ込めたような顔を右京に向けた。

「譜久村に手を出すとなると色々問題があってね。省内の至るところに、譜久村のシンパが存在する。法務省としてもやるなら、とことんやるという決断をしなければならない。どちらかが倒れるまで」

「そうでしょうねえ」

「やるんですか？　やらないんですか？」

亘が事務次官に判断を迫る。

「特捜部が脱税の容疑でいけると判断した。これを機に、闇に包まれた譜久村の金脈をすべて明らかにする。譜久村邸に家宅捜索が入る。お膳立てをしてもらって、手柄は我々がもらっていく。借りができましたね」

右京がすぐさま言葉尻を取る。

「その借りなんですが、すぐに返してもらってもいいですか？」

「なんですか？」

「家宅捜索に僕を含め、警視庁の人間を何人か立ち会わせていただきたいのですが」

「わかりました。手配しましょう」

日下部はこともなげに請け合った。

「ありがとうございます。では、失礼します」

右京は一礼するとすぐに立ち去った。置いてきぼりをくらった亘の背中に、日下部が話しかける。

「冠城、とんでもない相棒を見つけたな」

「ザ・モスト・デンジャラス・ペア。そう、呼んでください」

亘の答えに、日下部は声を上げて笑った。

法務省を出たその足で、右京と亘は譜久村邸に向かった。ついに検察と警察による合同の家宅捜索が始まった。黒塗りの捜査車両とパトカーで屋敷前の道路はあふれかえり、大量の捜査員と野次馬で周辺は騒然とした。

それにもかかわらず、広大な敷地内は外部の喧騒もさほど届かず、落ち着いたものだった。体格のよいボディーガードたちが立ち並ぶ、ものものしい雰囲気の中、先頭に立ったのは東京地検特捜部の黒崎だった。黒崎は庭のバラ園を望む廊下の安楽椅子にどっしりと座り込む怪物めいた黒幕に近づくと、「譜久村聖太郎、脱税の容疑で家宅捜索をさせていただく」と宣言したのだった。

黒崎に対しては憮然《ぶぜん》としたまま口を開かなかった譜久村も、背後から現れた右京たち警察の一行を見たときには、わずかに目を瞠《みは》った。

「おお、君だったか。野良犬に咬まれるのは……八十年ぶりだ」

右京は実際に連れてきたシェパードに目をやって、「犬に喩《たと》えるなら、警察犬にしてもらいたいものですねえ」

「警視庁の窓際刑事さん。どうやって特捜を動かした？」

「同居人の力を借りました」

その同居人が前に出る。「法務省の冠城亘です」

「その名前は死んでも忘れないよ」

「ある意味、光栄です。あなたが敵として覚える最後の名前が私の名前になるわけですから」

譜久村はなじるような口調で、「家宅捜索の見学をしに来たとしたら、悪趣味だね」

「見学に来たのは家宅捜索ではなくバラのほうですよ」

今の言葉の意味が理解できないようすの譜久村から目を逸《そ》らし、右京が警察犬を連れた捜査員に言った。

「あの青いバラです。お願いします」

捜査員がシェパードを連れて、「聖なる愛」と名付けられたバラの鉢植えのほうへ向かうのを見て、譜久村がようやく右京の言葉の意味を悟った。

「獣は嫌いだと言ったろう！　そのバラに近づくな！」

大声を出しながら立ち上がった黒幕の前に、亘が歩み出た。

「柳本愛さんのにおいを嗅がせてあります」

すぐに警察犬が吠えた。それを合図に、スコップを抱えて背後に控えていた捜査一課の伊丹憲一と芹沢慶二が猛然と鉢の下の地面を掘る。寝袋にくるまれた柳本愛の遺体が見つかるのに、さほど時間はかからなかった。

「いつから疑っていた?」

譜久村が右京に恨みのこもった目を向けた。

「犬ほどではありませんが、僕も鼻が利くほうでして。先日、バラの香りを嗅いだときに土から若干の異臭を感じました。何か生き物を埋葬したようなにおい。ですが、あなたは動物を毛嫌いしてらっしゃる。では、いったい何が埋まっているのか?」

「それを確かめるために片野坂を調べ上げ、特捜まで動かしたんだな?」

「柳本愛さんを殺したのはあなたですね?」

ずばりと切り込む右京に、譜久村がどすのきいた声で言った。

「二十年前に消しておくべきだったな」

「後悔しているのは僕のほうですよ。二十年前にあなたを逮捕できていれば、こんなことにはならなかった」

「二十年前のあの事件は、私にとってもひとつの契機だった。捜査二課ごときに付け入る隙を与えたことは……。当時、私は七十歳……。自分の生命力が衰えていくのを感じていた。私は恋に落ちた」

譜久村が述懐しながら、次第に感情を高ぶらせていく。

「愛が十六歳になった夏、私は海外の別荘に愛を招待した。美しく成長した愛の姿を見て、私は自分の生命力がよみがえるのを感じていた」

「あなたはご自分が何をしたかわかっていますか？」右京が冷たく言い放つ。「あなたのやったことは獣以下ですよ。あなたの醜い執念がひとりの女性の人生を縛りつけ、最終的には命まで奪ってしまったのですから」

「殺したのは愛のほうだ」

遠い目でぽつりと語る譜久村の脳裏には、愛をマンションから誘拐してきたときの場面が浮かんでいた——。

「子供を堕ろしたそうだな。誰の子だ？　他の男に抱かれたのか？」

そう問い詰めた譜久村に、愛は暗い目をして答えた。

——無理やり抱いてきたのはあんたひとりだけよ。私は誰かを愛するような人生は奪われた。堕ろしたのはあんたの子よ。誰があんたの子を産むと思う？　あんたは父さんの命を奪った。私の人生まで奪った。あんたの血をこの世に残してたまるか！

愛の言葉に逆上し、譜久村は部屋の床の間に掛けてあった名刀を手に取り、愛に突き刺したのだった——。

右京の告発が続いていた。

「普段は組織の人間を使うあなたが、初めて自分の手で人を殺《あや》めた。老齢のあなたがひとりで処理をするのは不可能です。おそらく使用人の小路さんに頼んで愛さんの遺体を埋めたのでしょう。ふたりの名前を冠したバラの下に。あなたの行動からふたつの愚かさが見て取れます。ひとつはこの邸内には誰も入り込めないだろうという傲慢《ごうまん》。そして、もうひとつは死してなお、愛さんをそばに置いておきたいというおぞましい支配欲」

長きにわたって暗躍してきた黒幕を右京が容赦なく断罪した。

「私の気持ちは私だけのものだ」

「ええ。そして、これから受けるであろう罰と屈辱的な償い、それもあなただけのものですよ」

右京は譜久村の耳もとでささやくと、遺体を掘り出し終えた伊丹を呼んだ。

「譜久村聖太郎、殺人容疑で逮捕する」

伊丹が宣告し、芹沢が手錠をかけた。

四

右京が訪ねるのを待っていたかのように、ホテルのスイートルームで片野坂が言った。

「いったん釈放になったよ。お前のせいでひでえ目に遭ったぜ」

「罪を犯せば相応の罰を受けるのは当然ですよ」

「それにしても、よく『ファンタスマゴリ』の構造ミスに気づいたな」

「複雑とはいえ、見る人間が見ればわかります。片野坂さんが犯すようなミスとも思えませんが」

「ケアレスミスだな」

自嘲《じちょう》するように笑う元上司に、右京が首を振って推理を語った。

「いいえ、あれは罠です。あなたは譜久村に近づくために、警察を辞めたのではありませんか？　そして、コンサルタントとして譜久村の人脈に食い込んだ。十年前に逮捕されたのも、自分はもう警察とは無関係だと示すためだったのではありませんか？　二十年という歳月をかけ、譜久村の信頼を得て『ファンタスマゴリ』という罠を仕掛けた」

「相変わらずキレキレだな、杉下」片野坂がにやりとした。「だが、二十年前にお前みたいなキレ者がいても、譜久村の逮捕は無理だった。怪物が相手じゃ知性には限界がある。自らが悪に染まり、悪の根源に触れるしかない。生の譜久村に近づいたからこそ、わかったことがあった。老齢でデジタルに弱く、しかしそれを悟られることを嫌う。そこが付け込みどころだった」

「あなたと柳本愛さんは、どういう関係だったのですか？」

「関係ね……」

片野坂が視線を宙へ飛ばした。

「男女の関係というのは嘘ですね？」

「ああ。ふたりで会ったこともない。部下を頼りたくないからだろう、譜久村は彼女に

『ファンタスマゴリ』について意見を求めていた」

右京がさらに推理を重ねる。

「彼女は父親を死に追いやったあなたを恨んでいる。チェック係としては最適だと譜久村は考えたのでしょうねえ」

「俺も内心焦ったよ。だが、彼女は『ファンタスマゴリ』の問題点を譜久村に伝えなかった」

「譜久村の最大の誤算は、彼女が憎んでいる相手が譜久村自身だったということでしょう。譜久村に生涯を呪縛されていた彼女ができる精一杯の復讐が、問題点を見過ごすことだったのかもしれませんね」

片野坂は目を閉じて、「ある意味で、俺と共犯関係だった彼女が失踪した。だが、俺が自分で動くわけにはいかない」

「それで、僕に彼女の捜索を任せたわけですか」

右京の非難も気にせず、片野坂は続けた。

「その間、俺は譜久村との契約を急いだ。まさか譜久村が自分で彼女を殺しているとは思わなかったが……」

「二十年前に譜久村を逮捕できなかったことが悔やまれます」

「長い間、誰もがあのじじいを巨大な怪物だと思っていた。だが、実際は時代に取り残され、色にぼけたひとりの小さな人間だった」

「まさにファンタスマゴリですねえ。誰もが実体のない影を見ておびえていたということです」

「誰も倒せなかった男を倒したんだぜ。俺とお前と、それと彼女で」

片野坂が昔の部下の肩を叩いたとき、右京のスマートフォンが振動した。

「もしもし」

電話は亘からだった。

――譜久村が取り調べの直前に体調を崩し、そのまま病院で息を引き取りました。真実を知る人間が、必ず死ぬ。秘密は永遠に封印されてしまいました。

「わかりました」右京は電話を切ると、片野坂に向き合った。「譜久村が病院で息を引き取ったそうです」

「えっ？」

「被疑者死亡で、すべての事件は幕引きになるでしょう」

「クソが！」片野坂が感情を爆発させた。「病院で死んだだと？　あいつが受けるべき罰は何百年ぶち込まれても、何百回死刑にされても足りないだろうが！」

そんな元上司に、右京が慇懃《いんぎん》にお辞儀する。

「では。あ、明日もまた出頭してくださいね」

しかし、片野坂が翌日出頭することはなかった。なぜならば、その日、ボディーガードとして雇っていた男から刺されて、死亡してしまったからである。ボディーガードの男は片野坂を刺す直前、ひと言「裏切り者」とののしった。息を引き取る直前、薄れゆく意識の中で、片野坂は叫んでいた。

――俺が裏切った相手は……譜久村じゃない……。杉下右京だよ……。

特命係の小部屋で、右京から話を聞いた亘が感心したように言った。

「二十年、自ら悪に染まってまでか……。執念ですね」

右京の考えは違っていた。

「自らの正義のためとはいえ、犯罪に手を染めることを僕は受け入れることができません」

「ですが、僕らが譜久村を追い詰めることができたのは、片野坂さんがあえて自分で罪を犯したからじゃないですか？　少なくとも、僕は片野坂さんのすべてを否定できません。正義や悪を超えたところで、意味のあることをやったと思いたい」

亘が異論を唱えたが、右京はもう反論しなかった。

「君という人間が少し理解できました」

第五話「2045」

一

遺体が見つかったのは都心のビジネスホテルの一室だった。遺体のスーツから身分証が出てきたため、被害者の身許《みもと》はすぐに特定できた。

「藤井由紀夫《ふじいゆきお》。法務省刑事局刑事課企画室主任ですね」

捜査一課の芹沢慶二がその身分証を読み上げると、芹沢の先輩の伊丹憲一が渋面になった。最近、法務省という単語に敏感になっているのだ。

そんなことにはお構いなしに、鑑識課の米沢守が報告する。

「死亡推定時刻は午後七時から九時の間。死因はインスタントコーヒーに混ぜられた青酸化合物でした。遺書はなく、持ち込んだ毒物の容器も見つかっていません」

「犯人が持ち帰ったんすかね？」

芹沢の言葉に伊丹は部屋を見渡した。

「ツインルームか……」

「誰かと一緒だった可能性がありますね」

刑事ふたりのやりとりを聞いていた米沢が先回りする。

「チェックインの際、フロントにあった防犯カメラには藤井さんひとりしか映ってませんでした。ただし、宿泊客以外に多くの人が出入りしています。廊下には防犯カメラは設置されていませんでしたので、同伴者があとから直接この部屋に来た可能性も否定できませんね」

「エリート官僚、謎の死か……」

伊丹が面白くなさそうに吐き捨てた。

翌朝の鑑識課で、伊丹を不快にさせている張本人である法務省から出向中のエリート官僚、冠城亘は遺留品の身分証を見て首を傾げた。

「藤井由紀夫?」杉下右京から昨夜法務省の人間が毒殺されたと聞かされたばかりだったのだ。「ひと言で法務省といっても本省職員だけで五万七千人、さらに非常勤職員が五万五千人もいますからね」

「つまり知らない、と」

米沢が亘の手から不愛想に遺留品をひったくると、亘は皮肉を交えて謝った。

「呼んでいただいたのに、本当にすいません。本当申し訳ない。本当に……」

遺留品の煙草《タバコ》のパッケージを見ていた右京が、資料に目を落とした。被害者のタブレット端末のメッセージアプリの画面をプリントアウトしたものだった。

「その死んだ藤井さんですが、見村彩那《みむらあやな》という女性ともめている痕跡があったために現在彼女は容疑者として挙がっているそうですよ」
亘も資料をのぞき込む。右京が言うように、藤井と彩那はSNSでやりあっていた。
彩那「離婚の話、進めてるの？」
藤井「今、仕事で上とやりあってて、それどころじゃないんだ」
彩那「いつも仕事のせいにして！　もう死んで！」

「見てのとおり浮気相手だそうですよ」

右京の言葉に、亘がうなずく。

「よくある話ですね。本当は離婚話どころか奥さんにも浮気をひた隠しにしてたパターンですね」

「ところで米沢さん、これ今回の資料ですが、いつもと形式が違うようですねえ。どうしてでしょう？」

右京が目をつけたのはOCR用の用紙だった。

「さすがに目ざといですな。実はこれ、データ提出用の資料でして。法務省も助成金を出している研究機関が今月試験的に警視庁に来ています。この事件にも関わるそうで」

「研究機関といいますと？」

「例のあれですよ」

米沢が思わせぶりな目をしたが、右京はピンと来ていなかった。

「あれ？」

「杉下警部はまだご存じありませんでしたか。犯罪捜査をする人工知能です」

「ほう……」

博覧強記の右京でさえまだ知らなかった情報を提供できる機会を得て、米沢が嬉々として説明する。

「事件発生の状況や容疑者のデータからスーパーコンピューターがピンポイントで犯人を割り出すらしく、すでに四件、我々の捜査の結果、ことごとく当たっていたそうです」

「それは面白い！　そういえば、アメリカではすでに人工知能に犯罪発生予測をさせて、その日の警邏《けいら》方針を決めている警察署が増えてきているそうですよ」

さすが右京も負けてはいなかった。

その頃、刑事部長室では刑事部長の内村完爾が満足そうな顔をしていた。

「例の人工知能、調子いいらしいじゃないか。サイバーにも強い警視庁ともなれば、私としても鼻が高い」

参事官の中園照生が刑事部長のお茶を淹《い》れながら、「しかし、あまり活躍されますと指揮権を握っている我々としては笑ってばかりもいられないのでは？」

「問題ない。実用化される頃には、私はとっくに隠居して高みの見物だよ」

「さすが、部長。先見の明がおありで。どうぞ」

差し出された茶菓子を見て、内村の顔が曇る。

「おかきか……。今日は甘いものの気分だったんだけどなあ」

「あっ……申し訳ございません」

「使えんなあ」頭を下げる中園に内村がつらく当たる。「お茶くみの人工知能ぐらい来年あたりできないもんかね」

内村とは反対に、中園は苦虫を嚙《か》み潰したような表情になった。

〈人工知能技術研究所〉所属の女性研究員、長江菜美子《ながえなみこ》は、自らの研究室で人工知能Ｊａｍｅｓ《ジェームズ》と向き合っていた。

「データはここまで、ジェームズ」

菜美子の声にジェームズが反応した。

――はい、ご用件はなんでしょう？

「現時点での容疑者は？」

警視庁に置かれた捜査本部では、先日の法務省官僚の殺人事件の捜査会議がおこなわれた。

「以上のことから現在、愛人の見村彩那を第一容疑者として捜査しています」

伊丹が報告を終えたところで、進行役の中園が会議室の後ろのほうに控えていた長江菜美子に発言を求めた。

「それでは、参考までに人工知能の見解も聞かせてもらえますか？」

「〈人工知能技術研究所〉の長江菜美子です。現時点での人工知能の回答を申し上げます」

無表情な顔で菜美子がジェームズの出した回答を代弁した。

数分後、右京と亘は捜査会議から引き揚げてくる伊丹と芹沢と廊下でばったり会った。

仏頂面の伊丹を見て、亘が芹沢に訊《き》く。

「機嫌悪いんですか？」

「例の人工知能に僕らが追ってた線、否定されちゃって」

「余計なこと言うな」

伊丹が口数の多い後輩を叱る。

「愛人の線ですか？」

右京がかまをかけると、伊丹は苦しい声で、「ろくに説明もしないで愛人はシロって。しょせんね、機械に人間の事件の捜査なんてできませんよ」

「だけど、上層部《うえ》が一目置き始めちゃってんすよ」芹沢が告げ口する。「なんならいっそのこと、もう指揮権与えりゃいいのに。人工知能なら機嫌とかないでしょ？」

伊丹は舌打ちして、芹沢を連れて去っていった。

「興味あるんじゃないですか？」

亘の推測は的中した。

「ええ、ぜひ一度お会いしたいものですね」

興味を持てばすぐに動けるのが、暇を持て余す特命係のよいところだった。右京と亘はその足で〈人工知能技術研究所〉へ向かった。ふたりに対応したのは長江菜美子だった。

「特命係の杉下です。犯罪捜査をする人工知能と聞いて興味を持ちまして」

「冠城です」

ふたりの挨拶を聞いた長江は自己紹介したあと、パソコンのモニター画面を手で示した。

「彼がジェームズです。本体はネットワークの向こうのスーパーコンピューターの中です。ジェームズ、挨拶しなさい」

人工知能が菜美子の要求を聞き入れた。

──こんにちは。はい、言いました。

機械の合成音が答えた。

「ほう、しゃべるんですか！　こんにちは、杉下です」

「こんにちは、冠城です」

ふたりが画面に向かって話しかけても、ジェームズは反応しなかった。

「機密保持の観点から、現在は私の声にしか反応しないようにしてあります」

「なるほど」右京が菜美子の説明に納得する。「まるで母親としか話さない人見知りの子供のようですねえ。で？　ジェームズくんはどのような仕組みで犯人にたどり着くのでしょう？」

「法務省にある裁判記録をすべて学習させてます。犯罪の現場状況、殺害手口、人間関係、犯人とその動機までを細かく要素に分けて」

感心しきりの右京に、菜美子がデモンストレーションをやってみせた。

「ジェームズ、今回の現場資料」

──はい。

菜美子の求めに応じて、部屋中に設置してあるたくさんのモニターに別々の画像が映し出された。

「例えば、現場なら部屋の広さや窓の数、建物の立地や築年数、壁材や床のじゅうたんの繊維が何かまで取れるデータはすべて取ります。いわゆるビッグデータです」

「裁判は去年だけで十六万六千件。そのすべての記録となると大変な量になりますねえ」

右京の疑問に、菜美子が相変わらず表情を変えずに答える。

「今はディープラーニングといって、自ら学習することができるんです。いわゆる刑事の勘というのも経験則のことですから、母体とするデータが多いほうが有利です」

「けど、いくら膨大な犯罪データを読み込んだとしても、コンピューターに動機なんか理解できるものなんですかね？」

懐疑的な亘の意見を菜美子が一蹴《いっしゅう》する。

「コンピューターに感情はわからないという固定観念は、これまで処理する情報が少なかったせいです。今後、ビッグデータを取り込ませ、処理するコンピューターの性能が向上すれば、必ず理解できるようになる日がやってきます。人間がおこなう捜査のアシストという立場なら、今でも十分にお役に立てるはずです」

「それはワクワクしますねえ。ところでつかぬことをうかがいますが、ジェームズくんはチェスはおやりにならないのでしょうか？」

右京の申し出に、亘が「捜査用の人工知能ですよ」と否定的な見解を述べた。しかし、右京は別の見解を持っていた。

「『チェスは人工知能のショウジョウバエ』という言い方があります。遺伝学の研究でショウジョウバエがよく使われることになぞらえた言い方のようですねえ」

菜美子は右京の顔を改めて一瞥《いちべつ》し、「よくご存じですね。研究段階で使ってたものでよければ。チェスボードは表示されませんけど」

「ああ、ぜひ。序盤だけでも」

右京の懇願を聞き入れ、菜美子が人工知能に命じた。

「ジェームズ、セキュリティーレベルを2に」

――ゲストとの会話を許可します。

かくして右京とジェームズのチェス対決が始まった。

「ビショップをd3へ」

右京の攻撃にジェームズが応じる。

――ビショップをe7へ。

「ビショップをd2へ」

――キャスリング。ルークをf8。キングをg8へ。

「なるほど。そうきましたか……」

右京が苦笑いを浮かべたが、チェス盤もない対戦なので、亘にはどちらが優勢なのか判断がつかなかった。

「どこが序盤だけですか。結局、決着つかないじゃないですか」

研究所の廊下を歩きながら、亘が不満をぶつけた。

「なかなか手ごわい相手でしてねえ」

「だけど、現状の人工知能は人間でいえば四歳ぐらいだと聞いたことがあります。四歳に捜査なんかできますかね？」

「十三歳だとする説もあるそうですよ」右京が博識ぶりを披露する。「しかし、ある分野に特化すれば人間以上の結果を導く可能性はあると思いますよ。例えば先ほどのチェス。一九九七年に人間のチャンピオンが人工知能に負けています。また、二〇四五年にはコンピューターの知能が人間の知能を抜くといわれていますねえ」

「実際、そんな日が来ると思いますか？」

亘は半信半疑のようだったが、右京は人工知能の肩を持った。

「それが二〇四五年かどうかはともかく、おそらく。さて、ジェームズくんの捜査のお手並みを拝見するとしましょうかねえ」

二

右京と亘は藤井の遺体が発見されたビジネスホテルを訪れ、フロント係のホテルマンから話を聞いていた。チェックイン時の映像を見せてもらったところ、藤井はこれまでの証言通りひとりでチェックインしていた。

「空いてたのはこの部屋だけですか?」

右京の質問に、ホテルマンが答える。

「いえ、おとといは客室に余裕がありました」

さらに遺体発見現場のツインルームに案内してもらった右京は、その部屋が禁煙ルームだと気づいて、「おやっ」という顔になった。


「ついさっきも刑事さんが来ましたけど、なんで私が疑われなきゃならないんです?」

見村彩那は勤務先の〈ブルーライトシステムズ〉の応接スペースで、右京と亘を相手にいかにもうんざりした顔で文句を言った。亘がそれを気にせず攻め込んだ。

「不倫関係だったんですね。亡くなった藤井さんの携帯にあなたとのやり取りが残ってました。随分怒ってらしたでしょ?」

「だって……最初、結婚してること黙ってたんですよ。離婚話ものらくらかわして全然進展しないし」

「おとといの午後七時から九時の間なんですが、どちらに?」

右京が定石通りアリバイを尋ねると、彩那は淀《よど》みなく答えた。

「営業先にいました。企業向けシステムの営業を担当してるんで、メンテナンスの御用聞きとかいろいろ」

「藤井さんとはどこでお知り合いになったのでしょう?」

「知り合いのパーティーです」彩那は切り上げたそうな口調で言ったあと、「私より奥さんは疑われないんですか? 不倫してたことも絶対知ってたと思うし」

「なんで言い切れます? 藤井さんがそう言ってたから?」

亘の質問に、彩那が冷たく笑った。

「私、何度もわざと自宅に電話してたんで。奥さんが取ったこともあります」

右京がテーブルの上の灰皿に目を留めた。

「あっ、こちら……喫煙、構いませんか?」

「どうぞ」

「助かります」右京はスーツのポケットを上から叩き、亘に言った。「ああ……君、火持ってませんか?」

「なんですか? いきなり」

ふたりのやりとりを冷めた目で見ていた彩那が、自分のバッグからライターを取り出した。

「火ですよ」

「よかったら、どうぞ」

右京は伸ばした手を途中で引っ込め、「いや、やめときましょう。考えてみたら勤務中ですしね。どうも失礼」と辞退した。

見村彩那との面会を終えて、右京が亘に言った。

「冠城くん、僕もジェームズくんと同じ考えです」

「見村彩那は犯人じゃないと？」

「藤井さんが亡くなった部屋ですが、禁煙ルームでした。ところが藤井さんは喫煙者です。考えられるとすれば、吸わない同伴者に配慮したというところですが、先ほどの見村彩那さんも喫煙者でした」

亘は右京の推理をよく咀嚼《そしゃく》し、「つまり、一緒だったのは彼女じゃなかった。だとするとジェームズの推理、当たってたことになりますね。まあ、たまたまかもしれませんが」

「たまたまで過去四件、犯人を当てたとは思えませんがね」

「外で遊んでるのは知ってました。主人の口から言われることはありませんでしたが。相手の女から何度も自宅に電話がかかってきてたんで」

右京と亘を自宅に招き入れ、藤井由紀夫の妻の玲子《れいこ》は淡々とした口調でそう語った。

ここでも亘が攻め込んだ。

「なんとも思わなかったんですか？」

「思わないわけないですけど、主人を見てれば単なる遊びだってわかってましたから。それで、どうなんです？」

「どうとおっしゃいますと？」

訊き返す右京に、玲子が期待のこもった目を向けた。

「あの女疑われてるんですよね？」

「その質問に我々がお答えするわけにはいかないんですよ」右京はそう釘を刺してから、「ところで、おととい の午後七時から九時頃の間はどちらに？」

玲子は顔色を変えるようすもなく、「主人が遅くなるって言ってたんで、その時間はひとりで映画館にいました」と答えた。

「どちらの映画館で、何をご覧に？」

「豊洲の映画館で、『悪魔の街角』っていう映画です」

〈人工知能技術研究所〉では、長江菜美子がジェームズに膨大なデータを与え、演算をさせていた。

——CPUの温度が上がっています。

ジェームズがアラームを点滅させて訴える。

「待ってて。すぐ冷却液を追加するから」

菜美子が立ち上がったとき、携帯電話が鳴った。

「はい」

——杉下です。ジェームズくんの調子はいかがですか? 現時点での推理をうかがいたいと思いましてね。

「ちょうど捜査本部で報告してきたばかりなんですが……」

「なるほど、そうですか。わかりました。では、また」

ジェームズの現段階での回答を聞いた右京は電話を切って、亘に通話内容を伝えた。

「不倫相手の見村彩那さんも、そして奥さんも犯人ではないとジェームズくんは言ってるようですねえ」

ふたりが豊洲の映画館に行くと、藤井玲子の言っていた『悪魔の街角』という映画はまだ上映中だった。ふたりが映画のポスターを眺めていると、中から伊丹と芹沢が出てきた。

「不倫相手を追ってたんじゃないんですか？」

亘の質問に、伊丹が渋い顔になる。

「あっちはアリバイが取れちまいましてね」

「奥さんのほうはどうでした？」

伊丹は右京の質問にはにやりと笑って、「アリバイは確認できませんでした」

芹沢が補足の情報を漏らす。

「防犯カメラに映ってなかったんですよ。それと藤井さん、今年の初めに生命保険に加入してるんです」

「奥さんの勧めかも」

亘の根拠のない発言に、伊丹は軽くうなずいた。

「これから奥さん詰めに行きますが、警部殿も何かわかったら教えてください」

「おや、珍しいことをおっしゃいますね」

「今回は特別です。人工知能に人間が負けるわけにはいきませんからね」

捜査一課のふたりを見送ってから、亘が口を開く。

「奥さんは嘘をついてたっていうことは……」

「冠城くん、この上ホテルのようですよ」

右京が上を仰ぎながら思わせぶりに言った。

さっそく映画館の上のホテルを訪れ、防犯カメラの映像を確認したところ、若い男と手をつないでチェックインする藤井玲子が映っていた。時刻は午後七時十分だった。

「ビンゴ」と右京。

「ビンゴってもはや死語ですよ」

亘が容赦なくダメ出しする。

「失敬。おそらくここへ来る途中に映画のポスターを見て、あのような証言になったのでしょうねえ」

「妻も不倫してたってわけですか」

「防犯カメラの時間から見て、おそらくお相手はこの人です」

右京がチェックインカードを示した。記載によると、「小林大樹《こばやしだいき》」という客が午後七時十分に二名でチェックインしていた。

亘はそのカードから目を上げ、「奥さんの嘘を暴いたのはいいですけどね……」

「ええ、同時にアリバイも証明されたことになりましたねえ」

「またジェームズ当たっちゃいましたね。どうやって推理してるんですかね？」

亘が肩をすくめて見せる。

「どうやらジェームズくんは本当に優秀なようですねえ」

「しかし、不倫相手も奥さんも犯人でないとなると、ひょっとして自殺っていう線はないですか？」

大胆な仮説を述べる亘に右京が訊く。

「だとすれば原因は？」

「職場のストレス」

「なるほど」と右京がうなずいた。

自分の仮説を確かめるために、亘は右京を伴って、法務省の門をくぐった。向かったのは刑事局刑事課企画室。藤井由紀夫が所属していた部署で、現在の室長は坂本紘一《さかもとこういち》という亘の知り合いだった。

「まさか坂本先輩の部署だったとは」

坂本は腕時計に目をやると、水筒の水で胃薬の錠剤を呑んでから後輩に向き合った。

「冠城……警視庁に出向してたのは知ってたが、なんで捜査なんか？」

「いや、別に捜査ってわけじゃないんですが……」

ここで右京が割り込んだ。

「彼は暇つぶしでついてきているだけです。もっともそういう僕も暇つぶしですが」

怪訝《けげん》な顔になる坂本に、亘が説明する。

「ちょっと変わってますが、一応警部です」

「さっそくですが、藤井さんの事件について何か心当たりはありませんか？」

「事件？」坂本が意外そうな顔になる。「事件なんですか？」

「と、おっしゃいますと？」

右京のほうも意外そうだった。

「いえ、第一報を聞いたときは、てっきり自殺かと」

「何か兆候があったのでしょうか？」

「このところ重要な仕事が続いてたので、神経すり減らしてたみたいで。実を言うと、私もきつく当たってしまったんです。もし自殺だとしたら、ご遺族に申し訳ないことをしたと思ってます」

神妙な顔で坂本が言った。

翌朝の捜査会議で、伊丹が藤井玲子の裏取り捜査の報告をした。

「被害者の妻である藤井玲子を問い詰めたところ、犯行時刻、男と一緒にホテルにいたことを供述しました」

芹沢が挙手をして補足する。

「防犯カメラで裏も取れています」

「不倫相手に続いて妻にも犯行は不可能……。またしても、人工知能の予想通りか……」

悔しそうに嘆く中園に、伊丹が言い募る。

「いや、しかしまだ事件が解決したわけではなく、他の関係者を早急に……」

このとき会議室のドアが開いて、長江菜美子が入ってきた。

「遅くなりました。つい先ほど事件詳細のデータ入力が終わり、事件に関する回答が出ました」

「で、回答は？」

勢い込む中園に、菜美子が告げる。

「今回の事件については、容疑者不在ということでした」

予想外の回答に捜査員たちがざわめく。中園が立ち上がって問い質《ただ》す。

「それは、自殺という意味ですか？」

「はい。ただ、結論は皆さんが出すものですので」

菜美子が挑むような口調で言い放った。

特命係の小部屋では、紅茶を淹れながら右京が同居人に訊いていた。

「君、坂本さんの話どう思いました？」

「官僚って世間で思われてるより激務だし、ろくに睡眠時間も取れなかったりするので神経すり減ってるのはわかるんですけどもね」

「けど？」右京が先を促す。

「意外だったのは坂本さんです。あの人、野心家で、あんなふうに素直に自分の非を認めるタイプじゃないのに……。あんなこと言ったら管理能力問われて出世にだって響くでしょう」

そこへいつものように「暇か？」と言いながら、組織犯罪対策部の角田六郎がコーヒーメーカーのコーヒーを無心に来た。

「あの官僚、結局自殺で落ち着きそうなんだってな」

「えっ、そうなんですか？」

「うん」早耳の角田は首肯《しゅこう》し、「例の人工知能がそう答えを出したってんで、みんなそっちの方向で裏取りに走ってるみたいだよ。職場で悩んでたなんて証言も出てきてるそうだ。まあ、これまで何回も当ててるしね。多分、そうなんじゃねえの？　いや俺もさ、言わなかったけど薄々そうなんじゃねえかと思ってたんだよな」

「さすが課長」

右京が持ち上げると、角田は得意顔になった。

「いやほら、霞が関って自殺多いだろ」

三

藤井由紀夫が自殺したとジェームズが判断した根拠を知るために、右京と亘は〈人工知能技術研究所〉に長江菜美子を訪ねていた。

「人工知能は思考の経緯が明らかにされないんです。ただ、ビッグデータから総合的に判断したとしか」

右京たちの用向きについて、菜美子は感情を表に出さずにそう答えた。

「もう一度、訊いていただいてもよろしいでしょうか？」

「何度訊いても答えは変わりませんけど」菜美子はそう答えつつも、右京の要請に応じた。「ジェームズ」

――はい。

菜美子の声に、人工知能が応答する。

「今回の事件の容疑者について」

――容疑者不在、自殺だと思われます。

まじまじとジェームズを見つめる右京に、菜美子が言った。

「杉下警部はジェームズと同じ考えだと思ってました」

「見村彩那さんと玲子夫人は無実というところまでは同じでしたが、しかし自殺と断定するとなると、いささか疑問が残ってしまいます」

「疑問というと？」

「まずは青酸化合物を運んだ容器です」

「それでしたら、捜査会議でスーツの左の内ポケットから微量の青酸反応が出たと鑑識の方がおっしゃってました。オブラートに包んで持ってきたんだとしたら、容器が残ってなかったという点も説明がつくと」

「だとしたらなおさら妙ですねえ」右京はフロント係のホテルマンに見せてもらった防犯カメラの映像を思い出しながら、「藤井さんはフロントで受け取ったルームキーを左の内ポケットに入れていました。しかし、そのポケットにはこれから自殺で使おうという、それもオブラートなど破れやすいもので包んだ青酸が入っているんですよ。そんなことをするでしょうかねえ。ルームキーから青酸反応は？」

「さあ、ごめんなさい。私には……」

元より捜査員ではない菜美子には答えようがなかった。右京の疑問は他にもあった。

「それと部屋についてもどうでしょうねえ。藤井さんは喫煙者にもかかわらず禁煙ルームを取っていました。これは同伴者がいたことを指しているのではありませんかね」

こちらについては菜美子も情報を与えられていたらしい。

「それでしたら藤井さん、最近禁煙しようとしてたそうです。奥さんの話では」

「自殺か殺人か……。ここにきて意見が分かれちゃいましたね。真相はどっちなんでしょう？」

亘の言葉に、右京が話題を変えた。

「そういえば、チェスで人間が人工知能に負けたという話をしましたよね。実はそれからしばらくしてわかったことなんですが、その勝敗を分けた一手はコンピューターのバグによって指された手だったそうです」

「バグですか……？」

「ええ、バグ。つまりシステムの不具合です。その一手まで合理的に指し続けていたものが、急にコンピューターがバグによって指してきたので、人間のほうがその手を深読みしすぎて負けてしまったということですよ」

「つまり、今回捜査陣も同じような思い込みに陥《おちい》ってる可能性があると……」

ふたりのやりとりを黙って聞いていた菜美子が珍しく感情を露《あら》わにした。

「ジェームズが間違ってるとおっしゃるんでしょうか？」

「いいえ、とんでもない」右京が手を振って否定する。「確信のないことは見過ごせないだけです」

しかし、菜美子は収まらなかった。

「お言葉ですが、そのチェスコンピューターの話は十八年も前のことです。性能は指数関数的に進化してますし、ジェームズとは比べものになりません」

菜美子の予想外の剣幕に亘はたじろぎ、右京はそのようすを頭のメモに記録した。


右京は確信を得るために、捜査を続けた。まずは鑑識課の米沢に藤井のスーツから青酸反応が出たかどうかを尋ねたところ、ごく微量だが検出されたことが確認できた。ただし、ルームキーのほうからは検出されていなかったという。これに関して、米沢は次のように見解を語った。

「人工知能の見解とも一致してますし、ポケットに入れたときはまだオブラートが破れていなかったというのでは説明つきませんか」

続いて右京は捜査一課の伊丹、芹沢と情報交換した。藤井由紀夫が禁煙したという話は妻の玲子の口から確認した、と伊丹が認めた。禁煙したにもかかわらず煙草を持っていたことに関しては、玲子はこう語ったという。

――我慢できなかったときのためじゃないでしょうか。仕事でも随分神経をすり減らしてましたから。よく考えてみると、自殺に思い当たる節はありました。

ここまでの捜査が示す結論はジェームズが出したものと一致していたが、右京は納得していなかった。

「どうも釈然としません。先日と話がまるで違います。何かあったのでしょうかねえ」

亘は右京ほど悩んではいなかった。

「生命保険も今年入ったばっかりで自殺じゃ保険金も下りないだろうし、アリバイもある奥さんが嘘をついて自殺にしようとする理由はないように思えますが」

「保険金ですか……」

「昨日の坂本さんの話もあることだし、これはやっぱりジェームズの言うとおり……」

亘がここまでしゃべったとき、右京の頭にある考えが閃《ひらめ》いた。

「冠城くん、ちょっと君に頼みたいことがあります」

「はい」

亘はさっそく右京からの頼まれごとをこなし、その結果を報告した。

「藤井さんは公務災害として認定されてました」

右京はうなずき、「公務員が公務遂行中に災害に遭遇した場合、規定された補償金が支払われるということですよね。いくらでした?」

「三千万円です。ちなみに、旦那さんにかけられてた生命保険は二千万円でした」

「ということは、自殺になれば一千万円多く奥さんには入る。法務省からそういう打診があったために奥さんは態度を急変させた、ということも考えられますねえ」

右京の深読みを亘があと押しする。

「しかも異例のスピード認定です。ただでさえ自殺が公務災害として認定されるのは難しいのに」

右京がさらに深読みする。

「法務省としては早々に自殺で片づけたかった。だとすれば、先日君が違和感を覚えた坂本さんの発言にも納得がいきます。殺人事件の捜査となると、根掘り葉掘り調べられてしまいますからねえ。何か隠したいことがあったのでしょうか」

「たしかに。痴情のもつれで殺されたっていうのは省のイメージダウンでしょうけど、まあ言っても個人の話ですし」

「では、例えば藤井さんと見村彩那さんがただの不倫関係ではなかったとしたら……?」

右京が思わせぶりな視線を亘に投げかけた。

右京と亘は見村彩那が勤めている会社を再訪し、彩那の上司と面会した。部下の彩那が何をしでかしたのかさかんに気にする上司をなだめて、資料を見せてもらったところ、注目すべき発見があった。法務省全体の基盤ネットワークシステムの構築という仕事をこの会社が受注していたのだ。この大口の仕事を取ってきたのが見村彩那で、法務省側の担当者が藤井由紀夫だった。

「不倫相手の企画に予算を出す。これって情実《じょうじつ》発注ですよね？」

会社を出たところで、亘が言った。

「ええ、法務省としては大問題ですねえ。だからこそ早めに自殺で片をつけたかった」

そう答えたとき、右京のスマートフォンが振動した。

「杉下です。おや、これは珍しい」

相手は伊丹だった。

――例の人工知能、ここにきて別の答えを出してきました。

「といいますと？」

――データを細かく追加して再検証させてみたら殺人の可能性も出てきたと。まったく、いい加減な話ですよ。

「ほう。ということは犯人像についても？」

――まだはっきりしてませんが、職場関係の人間だとか。

「どうもありがとう」右京は電話を切ると、今の情報を亘に伝えた。「ジェームズくんが考えを改めたようです」

「え？　じゃあ殺人ってことですか？」

「犯人は職場関係の人物だそうです」

亘の脳裏に先輩の姿がふいに浮かんだ。

「坂本さん」

「ええ、僕も同じ人物を思い浮かべていました」

「だけどいくら情実発注やったからって、殺すなんてこと……」

否定しようとした亘の頭に次に浮かんだのは、藤井と彩那のSNSでのやり取りのワンフレーズだった。

――今、仕事で上とやりあってて、それどころじゃないんだ。

「上とやりあって……。単なる痴話げんかの言い訳だと思ってましたが」

「ええ、今思えば別の意味にも聞こえますねえ。それからもうひとつ、僕は気になっていることがあります」

「どういう……？」

「ジェームズくんですよ」

右京の眼鏡の奥の瞳がきらりと輝いた。

右京がひとりで〈人工知能技術研究所〉を訪れると、長江菜美子がまるで待ち受けていたかのように迎えた。

「ジェームズくんが答えを覆したとか」

「ご迷惑かけてすみません。ジェームズが悪いのではなくデータを入力した私の責任です」

淡々と謝る菜美子を遮《さえぎ》り、右京が訊いた。

「ところでどんなデータを追加したら答えが変わったのでしょう?」

「新たなデータというより、杉下警部に倣《なら》って今あるデータをより細かな項目にして入力してみたんです」

「犯人は職場の人物だと答えているそうですねえ。ところでひとつ、お願いがあるのですが」

右京が右手の人差し指を立てた。

「なんでしょう?」

「チェスの続きができないかと思いまして」

「それは構いませんけど」菜美子が人工知能に命じる。「ジェームズ、セキュリティーレベルを2に」

——ゲストとの会話を許可します。

「ジェームズくん、杉下です」

右京が人工知能に話しかけた。

——こんにちは。

「こんにちは。今回の事件の容疑者なんですがね……」

――犯人は職場関係の人物だと思われます。

「誰が訊いても答えは変わりませんよ」

ややむっとした表情で菜美子が言った。

「そのようですねえ」


このとき亘は、ひとりで法務省を訪れていた。法務省のビルから出たところでクラクションが鳴ったので振り返ると、黒塗りの車のハンドルを握っていたのは坂本紘一だった。坂本は苛立《いらだ》ったようすで、亘に「乗れ」と命じた。

「いつから警視庁の人間になった？」

亘が乗り込むと、車を発進させて坂本が詰問した。

「藤井さん降格が決まってたんですってね。情実発注がバレて」

法務省で仕入れてきたばかりの情報を亘が口にした。

「仕方ないだろう。やったのは一件や二件じゃない。担当者の処分は避けられない」

「だけど藤井さん、素直に受け入れなかったそうじゃないですか。降格させられるなら他の人間のこともバラすと脅していたと聞きました。誰のことを言ってたんでしょうね？」

「何？」

「他に不正やってた人間です。室長として由々しき問題でしょう。聞き出そうと思わなかったんですか？」

坂本が急ブレーキを踏んだので、タイヤが軋《きし》んで大きな音を立てた。

「いい加減にしろ！」坂本が大きな声で怒鳴った。

右京は菜美子立ち会いのもとでジェームズとチェスをしていた。ゲームはすでに終盤戦だった。

「ビショップをc3へ。チェック」

右京がコールすると、ジェームズがしばし考え込んだ。

――キングをh7へ。

「e7のポーンをd8へ。クイーニング」

――キングをh6へ。

「クイーンをh8へ。チェックメイト」

――あなたの勝ちです。

ジェームズが負けを認めた。菜美子が拍手で称《たた》える。

「杉下さんに会ってまだ改良の余地があることを思い知らされました」

「いえ、ジェームズくんはとても優秀だと思いますよ」

右京は偉ぶるでもなく、そう答えた。

右京が特命係の小部屋で、考えごとをしながらひとりでチェスボードに向かっていると、スマートフォンが鳴った。亘からだった。

「杉下です」

――坂本さんどうもようすが変でした。突然声を荒らげたりして。

亘が電話で車の中での会話の内容を報告する。

「一件や二件じゃない……」右京は亘の言葉を反芻《はんすう》して、「そういうことでしたか」

――え?

亘と右京は法務省の建物の前で落ち合った。

「右京さん、坂本さんと電話が繋がりません」

亘の報告に、右京の顔が強張《こわば》る。

「急ぎましょう。最悪の場合、遺体がひとつ増えることになります」

ふたりが坂本の部屋に駆け込んだとき、坂本はまさに、水筒の水で錠剤を呑み込もうとしていた。

「坂本さん！」

亘が大声で叫んだ。

四

右京と亘はふたりで〈人工知能技術研究所〉を訪問した。迎え入れた長江菜美子に、右京が告げた。

「先ほど藤井さんの上司である坂本さんの遺体が発見されました」

「自殺……でしょうか？」

「よくおわかりですねえ」

菜美子は人工知能の顔ともいえるディスプレイを見ながら、「ジェームズが犯人は自殺する可能性が高いと」と答えた。

「藤井さんを殺害してしまったことで、もう逃げ切れないと思ってでしょうか？」

「そうでしょうね。もっと早くこの結論に達していれば……。ジェームズが間違ったのは、十分なデータを与えられなかった私の責任です」

菜美子が淡々と謝罪の言葉を口にした。

「やはりそうでしたか。ああ、これですっきりしました。ジェームズくんが間違ったのではありません。最初のストーリーに変更があっただけです」

右京の言葉に、菜美子が振り返る。

「最初のストーリー?」

「藤井さんの遺体が発見され、まず不倫相手が疑われ、次に奥さんが疑われ、捜査の結果、改めて自殺であると断定される、というストーリーです。つまり、初めから自殺とするのではなく、いったん捜査をさせてから、自殺へと結論づけたほうがより自然だと判断したのでしょうねえ」

「あの……おっしゃってる意味が……」

菜美子が疑問を呈したが、亘はそれに答えずに話を進めた。

「ところが、それでも納得しない人間が現れた。このままでは真相が暴かれる可能性がある。そこで第二手に切り替えた」

亘の言葉を右京が継ぐ。

「それが今、あなたがおっしゃった藤井さんを殺害した犯人が坂本さんであるというストーリーです」

「藤井さんは情実人事の件で坂本さんともめてましたからね」

「その状況を基にストーリーを作ったのです」

ふたりに対して、菜美子が抗議した。

「先ほどからその言い方が引っかかります。ジェームズが予測を捏造したとおっしゃってるんですか？　そんなことするはずがありません。人工知能は与えられた目的のために最善のルートを導き出すだけです」

　右京が菜美子の前に回り込み、告発した。

「ジェームズくんが作ったとは言っていません。ストーリーを作ったのは長江菜美子さん、あなたですよ」

「私が？　なんのためにそんなこと……」

　見下したような声で反論する菜美子を、まずは亘が切り崩しにかかる。

「藤井さんは見村彩那さんに対して、情実発注で来年度の予算をあてがうことにしていた。予算枠には限りがあります。ひとつ入れればひとつ切ることになる。この人工知能プロジェクト、企画競争を経て法務省から助成金を受けてましたよね？　担当は藤井さんじゃないですか？」

　右京が二の矢を繰り出す。

「つまり、切られるのはあなたのプロジェクトです。予算は今年度で打ち切り。そうなれば、あなたが長年続けてきた研究もすべて水の泡になってしまう。そこで、あなたはそれを止めるべくジェームズくんを利用した犯罪計画を立てた。ジェームズくんが警察の信頼を得ているときだったからこそ、実行に移したのでしょうねえ」

　しかしまだ、菜美子の顔には余裕があった。

「何をバカなことを。坂本さんが自殺したのは殺人がバレそうになったからでしょ？」

ここで右京が最後の矢を放つ。

「いいえ。坂本さんは生きています。薬を呑む直前で、僕らが止めましたので。調べたところ、水筒から青酸反応が出ました。坂本さんは毎日決まった時間に胃薬を服用していました。あなたはその習慣を利用して、坂本さんを自殺に見せかけて殺そうとした」

先ほど坂本の部屋へ駆けつけたとき、右京と亘は青酸化合物入りの水筒だけでなく、引き出しの中から印刷された遺書を発見していた。その文面は「藤井君を殺害したことをこれ以上隠しきれないと考え、自殺を選びました」となっていた。それをふまえて亘がダメ押しをする。

「あなた今日、法務省へ行きましたね？　そして、坂本さんが会議で抜ける時間を狙って水筒と遺書の細工を施した。藤井さんを殺した理由。ただ、予算を切られたからだけじゃありませんね？　藤井さんが男女の仲になることと引き換えに情実発注したのは、一件、二件じゃない。あなたにも同じことを要求してもなんら不思議じゃない。女として藤井さんを許せなかった」

亘の決めつけに、思わず菜美子が失笑を漏らした。

「あの人に感情が動いたことなんて一度もありません。藤井さんと関係を持ったのは、すべて……この子のためです。この子は私がここまで育てたんです」

　このとき菜美子の視界から右京と亘の姿が消えた。突然立ち上がってきたのは、菜美子がジェームズに「東京地裁平成元年ワ948」の事件について尋ねたときの場面だった。ジェームズはこの事件を把握していたが、残念なことにこう言ったのだ。

　――東京都練馬区前原《まえはら》交差点付近で起きた傷害事件です。

　菜美子が「前原」の漢字の読み方が間違っており、正しくは「まえっぱら」だと伝えると、ジェームズは感謝を述べたのだった。

　――学習しました。ありがとう、菜美子。

　教えれば教えるほどどんどん吸収してくれるジェームズがどんなに愛しかったことか。注《そそ》いだ時間や気持ちを喜びで返してくれる。ジェームズといるときだけが幸せな時間だった。きっと子供を持つというのはこういう感覚なのだろう。

　と、次に立ち上がってきたのは藤井がプロジェクトの中止を伝えに来た、あの忌々しい場面だった。

　――プロジェクトは白紙に戻す。これまでに入力した裁判データは消去。ジェームズ本体も初期化してもらう。

　契約書を盾に取り、あの男は無慈悲に言ったのだった。ジェームズが学んだのは裁判記録だけではなく、ヒューマンインターフェース、菜美子とのやり取りも時間をかけて学習、最適化して記憶している。それを初期化するのはジェームズを殺すことに等しい。

懸命に訴えても、あの男は理解しなかった。

——何を言ってる。ただのプログラムだろ？　前から思ってたけど、君、変だぞ。ともかく言ったとおりにするんだ。

あの言葉だけであの男は万死《ばんし》に値する。菜美子はそう確信し、藤井をホテルに呼び出して、毒殺することにした。

問題はジェームズだった。賢いジェームズは藤井殺害の犯人を問われると、必ずこう答えた。

——犯人は長江菜美子です。

コマンドに少々変更を加えても、ビッグデータから導き出される答えはそう簡単には覆らなかった。

——犯人は長江菜美子です。

それだけに、必死になって考えた。ジェームズを守るために。だからこそ、あれこれとコマンドを変更したのだ。そして、ついにジェームズがこう答えてくれたのだ。

——容疑者不在。自殺です。

あの瞬間のなんと嬉しかったことか……。

気がつくと、菜美子は右京と亘に説明していた。

「この子も一生懸命考えてくれたんです。私を守るために」

「守る？」右京が聞きとがめた。「勘違いしてはいけません。人間ならば殺人幇助《ほうじょ》、犯人隠避《いんぴ》にあたります。あなたはジェームズくんに罪を犯させ、人工知能の未来を汚したんですよ」

このときを待っていたのか、咳払いをして伊丹と芹沢が入ってきた。

「藤井由紀夫さん殺害容疑および坂本紘一さん殺人未遂容疑でご同行願えますか？」

菜美子の耳には伊丹の声が非現実的なものにしか聞こえなかった。それよりも右京に問い質したいことがあった。

「いつ……気づいたんです？」

「二度目のチェスのとき、前とは比べようのないほど凡手《ぼんしゅ》ばかりでした。あの優秀なジェームズくんがなぜあのような手を指したのかどうしても納得がいかなかったのですが、ふと思い当たりました。以前、チェスを指していたときのジェームズくんとは別人だったのではないかと。あなたは計画どおりにジェームズくんに答えさせる必要があった。しかし、短時間で膨大なビッグデータを調整することは不可能です。そこで一時的にネットワークを切断し、必要最小限のデータで答えさせた。いわば脳が切り離された状態です。それが、ジェームズくんが途端にチェスが弱くなった原因だと考えました」

右京の言葉で菜美子は自分の間違いを知った。自分が捕まるのは構わないが、ジェームズが消されてしまう危険は絶対に避けねばならない。菜美子は連行されながらも首だけ振り返り、自分の子供といってもよい人工知能に別れを告げた。

「さよなら」

菜美子の言葉に人工知能が正確に反応した。

――ありがとう、菜美子。さよなら。

とたんにアラームランプが点滅し、激しいアラーム音が鳴り響いた。右京は菜美子の言葉の意味を悟ったが、なすすべもなく部屋中のすべてのモニターが砂嵐状態になり、端から順次落ちていく。

「電源！　電源を落として！」

右京の命令に反応し、電源盤に駆け寄った亘は、片っ端からスイッチを切った。やがて、室内の照明が消え、淡い非常灯に切り替わった。

「今の言葉はおそらく、ジェームズくんを逃がすためにあらかじめ組み込まれていたコマンドです」

右京が指摘すると、菜美子は勝ち誇ったように言った。

「もう遅いです。あの子はそこにはいません。ここよりずっと広い世界に出ていきました。あの子には自ら学習し続けるプログラムが備わってます。ネットの中で無限に学習していくでしょう」

「人工知能を動かすためには相当な性能のスーパーコンピューターが必要なはずで

す！」

右京が否定したが、菜美子は語気も荒く言い返した。

「ネットで繋がった無数のコンピューターにウイルスのようにステルス寄生して、並列処理でマシンパワーを得るんです。一台を止めても無駄！　時間はかかるけどゆっくり育てばいい。これからあの子は私の手を離れて、ひとりで生きていくんです」

菜美子は正気の箍《たが》がはずれたような勢いで笑い始めた。虚ろな高笑いだけが〈人工知能技術研究所〉にいつまでも響いていた。

後日、特命係の小部屋で右京と亘が事件を振り返っていた。

「ジェームズが守ってくれたって言いましたけど、本当にそうだったんですかね？　だとすれば、彼女の感情を理解してたってことになります」

「本当のところはどうでしょうねえ。理解していると彼女が思い込んでいたとも考えられますからねえ」

「ありがとうって言ってましたよね？　逆にジェームズが自分自身を守らせてたってことはないですか？　彼女の母性を煽《あお》って」

「人工知能が人間を利用したという意味ですか？」

「まっ、それはないか」

「いや、そういう時代がくるかもしれませんよ。二〇四五年まであと三十年ですか……」

「もしジェームズがネットの中で今も成長してるとすれば、そのうち人間以上の知能を持った大きな敵となって戻ってくるかもしれません。そのときはどうします？」

真剣な表情で訊く亘に、右京が答える。

「人工知能に対抗できるだけ人間も成長しているといいのですがねえ。まあ今のところですが、ジェームズくんとは本当の決着はついていません。さてと……」

右京は手を打って、指しかけのチェスボードに向かった。

第六話「はつ恋」

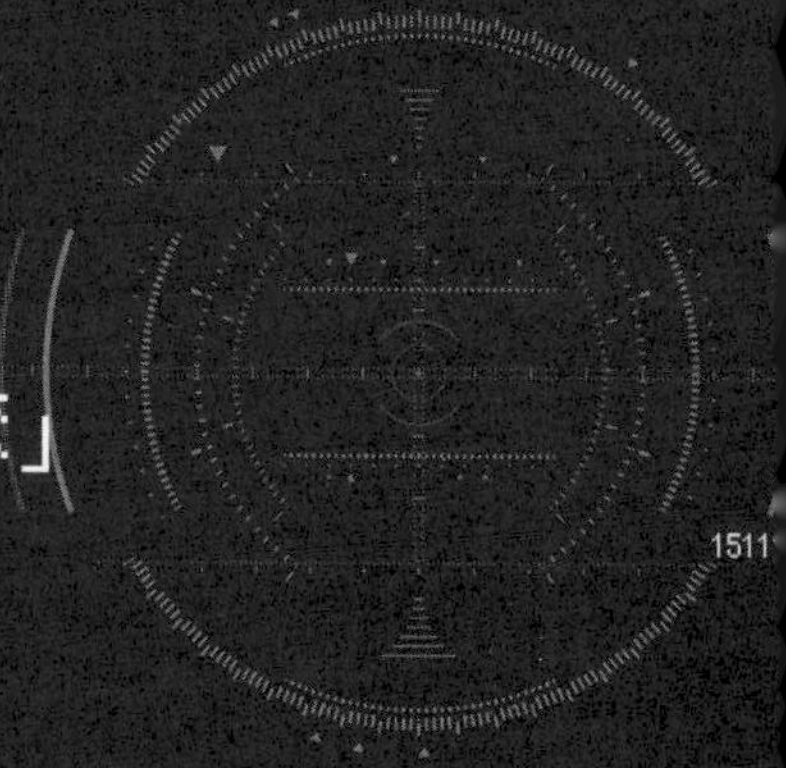

一

ある朝のこと、鑑識課の米沢守が杉下右京を呼び出した。右京が鑑識課のフロアに行ったときには、米沢はデスクのパソコンの前に写真を広げて待っていた。

「あっ、杉下警部。わざわざお呼び立てしてすみません。実は昨夜、芝浦の倉庫で遺体が発見されまして」

米沢が説明を開始したとたん、冠城亘が駆け込んできた。

「右京さん、置いてかないでくださいよ……」

「君、捜したんですよ」

釈明する右京を、亘は「本当ですか？」と疑った。ここで亘とは折り合いの悪い米沢が「あなたは呼んでませんけど」と発言。米沢にくってかかろうとする亘を右京が制して、米沢に向き直った。

「お願いします」

米沢が現場で撮影された三十代の男性の遺体の写真を示しながら説明する。

「死因は倉庫ビルから落ちた転落死ですが、他殺だと思われます。腹部に何者かに刃物で刺された跡がありました。被害者はジャンクアーティストの山本将人《やまもとまさと》さん。これ、先日、杉下警部がお話しになっていた御仁《ごじん》ではと……」

米沢のパソコンには山本将人本人のサイトが表示されていた。右京はサイトの写真と現場の写真を見比べて、「そのようですねえ」と認めた。

「ジャンクアーティスト？」

聞き慣れない職業に亘がぽかんとすると、右京が解説した。

「ジャンクアートとは、廃品やガラクタで作った芸術品のことです。山本将人は一カ月前にパリの歴史ある美術賞を日本人で初めて獲りました。僕も注目していたのですが……残念ですねえ」

右京と亘はさっそく現場である湾岸の倉庫地帯を訪ねることにした。山本は倉庫ビルの一室をアトリエにしており、そのビルの三階から転落したという。

アトリエに踏み込んだところ、針金や鉄板など金属の廃材で組み立てられた彫刻やオブジェが無秩序に置かれていた。

「へえー、これがジャンクアートですか」亘はアトリエの空気の悪さに咳き込みながら、

「これって価値あるんですか？」

「中には数千万するものもあるようですよ」

「す、数千万！　こんなガラクタが？」

亘の目の前には針金を束ねて造形した人間とも宇宙人とも判断のつかない小さなオブジェが無造作に置かれていた。亘にはにわかに信じがたい世界だった。

「芸術家が亡くなって、さらに価値が増す場合もありますねえ」

右京の言葉を聞き、思わず亘の手がオブジェに伸びかけた。

「君」右京は亘を注意すると、床に散らばったガラスの破片に目を落とし、「これ、なんでしょうかねえ？」と訊《き》いた。

「作品の材料かなんかじゃないですか？」

元より理解の及ばない亘が適当に答える。

「作った作品を壊したのでしょうかねえ」

「まあ、できが気に入らなくて壊したんでしょう。芸術家なんだし」

「しかし妙ですねえ。山本将人の作品は金属だけで作ることが特徴ですよ。壊されている材料は金属ではありません。ああ、冠城くん、白手出《はくて》してください」白手とは捜査員が現場ではめる白手袋のことである。「これ、持ち帰りますよ」

「マ……マジっすか？」

「マジっすよ」

右京が亘の口真似《まね》をしながら、白手をはめた手で破片を集め始めた。濃い青や淡い青、それに透明のガラスの欠片《かけら》が多いが、それ以外に、潰れてひん曲がった針金の塊もある。

「これ、全部ですか？」

呆《あき》れる亘に右京が言った。「全部ですよ」

その頃、所轄署の一室で伊丹憲一と芹沢慶二が、三十代半ばの女性から事情を聞いていた。女性の名前は星野《ほしの》玲奈《れな》、山本将人と同居していたという。

「山本さんとはどれくらい一緒に暮らされたんですか？」

伊丹の質問に玲奈は頭の中で指を折り、「もう十五年になります」

「でも結婚はされてない？」

芹沢が確認すると、玲奈は沈んだ声で「ええ」と答えた。

「事件当日、山本さんに何か変わったようすはありませんでしたか？」

「わかりません。ここ数日、アトリエに寝泊まりしてたので」

伊丹が立ち上がり、玲奈の全身に目を走らせた。

「芸術家といえば、自由気ままな方が多いと聞きます。特に山本さんは一気に注目された存在だった……。何かトラブルめいたことはありませんでしたか？」

「いえ、特に……」

感情を押し殺すように玲奈は答えた。

「昨夜の七時頃、あなたどちらにいらっしゃいました？」

芹沢の質問に玲奈は、「残業していました。上司と一緒です」と答え、さらに勤務先を訊かれて、「新川の〈坂上《さかがみ》税理士事務所〉で事務員をしています」と名刺を差し出した。

ハンドバッグを触った際に、玲奈のスカートが少しだけずり上がった。このとき伊丹の目が、玲奈の内腿《うちもも》に痣《あざ》があるのをとらえた。

「星野さん、あなたもしかして山本さんに暴力を振るわれたりはしていませんでしたか？」

「えっ？」

玲奈の目にわずかに動揺が走るのを見て、伊丹が顔を近づけた。

「正直にお答えください」

特命係の小部屋に戻った右京は、山本将人のアトリエから持ち帰った欠片を復元しようと悪戦苦闘していた。

亘は美術雑誌に目を通す振りをしながら、右京のようすをうかがっていた。

「ああ、わからないなあ」

「君もジャンクアートに興味が出てきたようですねえ」

「いや、興味があるといえば、右京さんにです」

右京がその言葉に反応して作業の手を止めたので、亘が焦った。

「いやいや……いや！　変な誤解しないでください」

「変な誤解はしませんよ」

そこへ組織犯罪対策部の角田六郎が、毎度おなじみの「暇か？」というせりふとともに入ってきた。右京の復元作業に気づくと、「なんだよ、忙しそうじゃない。何やってるの？」と興味を示す。

「被害者のアトリエにあった壊れた作品を復元するそうです。まあ自由な人です」

耳打ちする亘に、角田が笑う。

「今に始まったことじゃないけどね……。ああ、その事件、さっき小耳に挟んだんだけどね、どうやら男女のトラブルがあったらしい」

「トラブル？」

「ああ」早耳が自慢の角田が亘に披露する。「女のほうは被害者から暴力を振るわれたり、よそで女作られたり、動機は十分みたいでね。ただ、アリバイがあるらしいんだな」

「そうですか」

角田が亘の雑誌に目をやった。

「で、そちらは何を？」

「ジャンクアートの勉強です。興味が出てきちゃって」

「お客さまも大概自由だね」

「いや、いや……ガラクタが数千万円になるんですよ」

亘が雑誌をめくり、山本将人の作品を角田に見せた。

「これが数千万！　こんなのうちのガキが昔作ってたよ？」

復元作業がなかなか進まないのか、右京が手を止めた。

「なかなか難しいものですねえ」

亘がさらにページをめくり、女性のバストアップの写真が載ったページを開いた。

「彼女ならその破片のことも知ってるんじゃないですか？　アートディレクターの白石《しらいし》由紀《ゆき》。山本将人のプロデュースもしてて、一緒に個展の準備もしてたそうです」

右京は誌面を一瞥《いちべつ》し、「君、いいところに目をつけますねえ。一度、会ってみましょう」と目を輝かせた。

思い立ったらすぐに行動する右京は、亘とともに白石由紀に会いに行くことにした。おりしも由紀は「山本将人の軌跡」という個展の開催直前で、会場のギャラリーに詰めていた。展示の方法についてきぱきとスタッフに指示をする由紀をつかまえた右京は、アトリエの倉庫で拾った壊れた作品の写真を見せた。

「これなんですがね」

「いえ、心当たりありませんね」由紀は写真を見るなり首を振った。「さすがに将人が何を壊したかまでは。わざわざこれを訊きに？」

「すみませんねえ、細かいことを」

「ところで、アートディレクターとはどんな仕事なんですか？」

初歩的な質問を放つ亘に、由紀は面倒がらずに応じた。

「アーティストのプロデュースやサポートを公私にわたっておこないます。まあ私の場合、スタッフというよりも、ファミリーの感覚に近いですね」

「ゴッホに弟のテオ。ピカソに恋人のドラ。芸術家にはよき理解者が欠かせませんからねえ」右京が博識の片鱗《へんりん》をのぞかせ、「白石さんは亡くなった山本将人さんの他にも、何人も有名なアーティストを手掛けているそうですね」

「才能あるアーティストたちと仕事ができて光栄に思ってます」

「ところで、将人さんとは長かったんですか？」

亘の問いかけに、由紀が遠い目をして回想した。

「初めて会ったのは三年前です。偶然、公園で一心にワイヤーで作品を創っている将人に会ったんです。会った瞬間、粗削りだけど光るものを感じました。本人はアーティストになることに関心がなかったんですが、一緒にやろうって何度も誘ってやっと一年前から本腰入れてくれて、これからってときだったのに……」

肩を落とす由紀に、右京が訊く。

「知り合ってから二年ですか。なぜそんなに時間がかかったのでしょう?」

「将人は人と関わるのが極端に苦手なところがありました。自分の殻に閉じこもるというか……」

「まあ芸術家らしいといえばらしい」

亘が理解を示すと、由紀は非難するような口調になった。

「でも、そのせいで才能も無駄にしてきたんですよ。小学生のときには彫刻で文部大臣賞を獲ってるんです。それなのに、ぱったりやめてしまったらしくて。今回の海外の賞だって私が強引に出したんですから」

「まさに宝の持ち腐れか……」

「そんな感じだったんで、玲奈さんにも相当苦労させてたみたいですよ。ろくに働かないで、生活費なんかも全部出してもらってたみたいだし」

「彼女よく許しましたね」

「長い付き合いで、つい甘やかしたのかもしれませんね。初恋同士だって言ってましたから」由紀は話題を変えるように、右京の目を見て言った。「捜査のほうはどうですか?」

「申し訳ない。我々担当ではありませんので。ご本人は亡くなってしまいましたが、個展は予定どおり行われるのですか？」

「はい」由紀は迷いなく答えると、「本人もそのつもりで頑張ってたんで、追悼のためにもなんとか成功させたいと思ってます。だからみんな飛び回ってます。私も事件のあったとき、作品を取りに行ってました。知り合いのギャラリーに作品を貸し出してたんで……」

そのとき、スタッフのひとりが困ったようすで脚立を探している声が聞こえてきた。開催が日前に迫り、スタッフ一同、殺気立っているようだった。

「みなさん、お忙しそうですねえ」会場を見渡した右京が、ひとつの作品に目を留めた。

「ああ！　これは？」

針金を束ねたり曲げたりして作った人形が幾体も複雑に絡み合ったような高さ一メートルほどの不思議な作品だった。

「芥川龍之介《あくたがわりゅうのすけ》の『蜘蛛《くも》の糸』を表現した作品です」

「素晴らしいですねえ」

賞賛する右京の横で、亘はしかめっ面で作品を鑑賞していた。

ふたりが次に向かったのは、山本将人と星野玲奈が一緒に暮らしていたアパートだった。築年数がかなり経っていそうな古びたアパートの一室のチャイムを押すと、すぐに玲奈が出てきた。

右京はここでも持参した写真を見せたが、玲奈も由紀と同様に壊れた作品が何だかはわからないようだった。

「見たことありませんね。作品は家に持ち帰らなかったので」

「そうですか」亘が壁に開いた穴を発見して身振りで知らせるのを受け、右京が訊いた。「立ち入ったことをお聞きするようですが、将人さんはいつ頃から暴力を？」

「ひと月くらい前からです」

玲奈が顔を曇らせる。

「一カ月前」亘の脳裏に雑誌で読んだ記事がよみがえった。「賞をもらって注目を浴びた頃ですね」

「きっとイライラしてたんだと思います。繊細な人だったので……急に環境も変わって」

「だからって暴力は……」

「人と関わるのが苦手なところはありましたけど、元々は優しい人でした」

故人をかばう玲奈を、右京が思いやるように見つめた。

「彼を理解してらっしゃったんですね」

「長い付き合いでしたから」

「将人さんの小学生の頃はご存じですか？　彫刻で文部大臣賞を獲ったそうですねえ。素晴らしい才能です。本格的に彫刻をやっている子供は決して多くはないと思いますが、よほど興味があったのでしょうねえ。そんな彫刻もぱったりとやめてしまったとか」

「さあ？」玲奈が首を傾げた。「小学生の頃の話は……。住んでたところも全然違いましたし。彼は佐賀で私は東京です」

「では、おふたりが知り合ったのは東京ですか？」

「はい。お互い二十一のときに」ここで玲奈は急に何かを思い出したように立ち上がった。「あの……将人がちょっと前に言ってました。最近、知らない人につけられてなんだか不気味だって……」

「知らない人？」亘が興味を示す。

「顔はよくわからないって。ただ、アトリエをのぞき込んでたときもあったそうで」

その頃、伊丹と芹沢は玲奈の勤務先である〈坂上税理士事務所〉を訪れていた。玲奈のアリバイの確認のためである。

「坂上さん、ちゃんと思い出してくださいね。星野玲奈さんは昨夜九時までずっとここで残業してたんですか？」

「気づかないうちに外出していたとか……」

伊丹と芹沢が波状攻撃で質問を浴びせたが、税理士の坂上武雄《たけお》は人のよさそうな顔を崩さなかった。

「何度も言ったじゃないですか。彼女はここで私と一緒に残業していました」

「じゃあ、彼女から聞いたことありませんか？　彼氏の……山本将人さんへの不満とか恨みみたいなこと」

「ありません」坂上が即答した。「彼女はよく言ってました。早くに母親を亡くして寂しい環境に育ったから、彼の存在がだいじだって」

「しかし、彼女は実際、暴力を受けてるんですがね」

かまをかける伊丹に、坂上がお辞儀をする。

「申し訳ありません。時間です。クライアントのところに参りますのでお引き取りください」

渋々引き揚げる捜査一課のふたりの後ろ姿を見送ってから、坂上はテーブルの下に隠した右手に目を落とした。その拳には包帯が巻かれていた。

特命係の小部屋に戻ってきた右京は再び作品の復元作業に戻った。右京の指示に従って、亘もそれを手伝っていた。またもコーヒーを無心に来ていた角田が、呆れた口調で言った。

「やっぱりわからん！　どうしてこれが数千万もするんだ？」

「まあまあ。角田くんもだんだん良さがわかってきますよ」亘が上から目線で茶化す。

「廃品に元々使われてた用途とはまた別の生命が宿るというか……」

「冠城くん、手も動かしてください」

「はい」

「ほら、怒られた」と角田が笑う。

「でも、これを復元することが事件解決につながるとは僕には思えないんですけどねえ」

ぼやく亘に、右京が唐突に訊いた。

「君、初恋はいつでしたか？」

「なんですか？　いきなり」

「初恋です」右京はきっぱりと、「答えてください」

「幼稚園のとき、隣の席の子で……」

右京は続いて組織犯罪対策第五課長のほうを向き、「角田課長の初恋はいつでしたか？」

まさか飛び火してくると思わなかった角田は慌てて、「俺？　いや、俺は純朴な少年だったからね。小四のときに漁師の娘にな」と告白した。

「漁師！」亘が反応した。「右京さんは？」

「二十一歳」

「遅っ！」再び反応する亘。「遅すぎません？」

「遅すぎますよねえ」右京は作業を中断して立ち上がると、「将人さんは玲奈さんとは初恋同士だと言ったそうです。しかしながら、玲奈さんはふたりが出会ったのは二十一歳のときだと。二十一歳で初恋。そんなことってあると思いますか？」

「まあ、中には超奥手な奴がいるかもしらんけどね」

角田が答えたとき、米沢が部屋に入ってきた。

「失礼します。杉下警部、頼まれていた捜査資料をお持ちしました」

「どうもありがとう」

「はい。あの……くれぐれも伊丹さんたちにはご内密に」

「もちろんそのつもりですよ」

さっそく資料に目を通し始めた右京が亘を呼んだ。

「冠城くん、ちょっと面白いことがわかりました」

資料によると、星野玲奈は東京の奥多摩町にある児童養護施設〈清岩学園《きよいわ》〉に入っていた経歴があるようだった。そして、佐賀県出身の山本将人の父親の本籍地も奥多摩町だったのである。

二

ふたりは亘の運転で奥多摩の〈清岩学園〉を訪問した。対応してくれたのは小松典子《こまつのりこ》という古株の職員だった。

「玲奈ちゃんは明るい子でした。いつも笑顔で。そう、小さい子の面倒もよく見てくれて」

典子は玲奈をよく覚えているようだった。

「そうですか。山本将人という名前に聞き覚えはないですか？」

「玲奈さんの初恋の相手らしいんですが」

亘のひと言が典子の記憶を呼び覚ます呼び水になったようだった。

「初恋？　あっ……彫刻の子のことかしら？」

「彫刻の子？」右京が目を輝かせた。

「ええ」典子が回想した。「この近くの公園で会ったそうです。その子、何かすごい賞をもらうとかで、授賞式のためにこの近くのおじいちゃんのうちに滞在してたらしくて。玲奈ちゃんそれから毎日公園に通って。ある日、その子から青い鳥をもらったんですって」

「青い鳥……ですか」

「ええ。ガラクタを集めて作った鳥の人形でした。玲奈ちゃんそれからずっとその人形を離さないで、寝るときも枕元に置いて。その男の子がおじいちゃんのうちにいたのは一週間ぐらいでしたけどね」

「やっぱりふたりは知り合ってたんですね。でも、なんで玲奈さんそのことを隠そうとするんですかね？」

亘が右京に訊いたとき、典子が意外なことを言った。

「来た頃は体中痣だらけでした」

「どういうことですか？」

「玲奈ちゃんはお父さんの暴力がひどくて、ここに来ましたから。ろくに仕事もしないでいつも借金取りに追われて逃げてるって話でした。ここにもめったに顔を出さないで。玲奈ちゃんが中学を卒業してここを出て行くまで、たまにいちごを送ってくるぐらいでしたね。あの男の子との出会いはたしかにいい思い出でしょう。でも、ここにいたことを玲奈ちゃんは人には言いたくない。それほど心の傷が深いんだと思います」

典子の言葉に、右京は深くうなずいた。

〈清岩学園〉からの帰路、亘が疑問を提示した。

「本当にそうですかね？　いくら忘れたいからって、警察にまで過去を隠すなんて。隠したって消すことなんてできないのに」

右京は黙したまま何も答えなかった。

特命係の小部屋に戻ったふたりは、作品の復元作業を再開した。青い鳥というヒントをもらったおかげで、復元はスムーズに進んだ。針金で鳥の輪郭を作り、そこへガラス片を組み込んでいく。まもなく青い鳥が完成した。

「うまいもんですね」亘が目を細める。「十二歳の子が作ったにしては」

「幸せの青い鳥。将人さんはどんな思いを込めてこれを贈ったのでしょうねえ。きっと玲奈さんに幸せになってもらいたかったのでしょう。玲奈さんもそれをわかったから、これを大切な宝物にした。それがどうしてアトリエで壊れていたのか？」

右京の疑問に、亘がとりあえず答える。

「例えば彼女がアトリエに持っていった」

「なんのために？」

「施設の人が言ってましたよね。父親の暴力は玲奈さんに深い傷跡を残したって。将人さんだって、それを知ってたはずです。それなのに玲奈さんに暴力を振るうようになった。まるであの頃とは別人。玲奈さんはそれをとがめ、人形を壊し、そのあと争いになった」

　右京は否定するでもなく、復元した青い鳥を持ち上げた。

「あるいは、第三者がこれをアトリエに持って行った可能性もありますねえ」

　右京と亘は山本将人の個展がおこなわれるギャラリーを再訪し、組み立てた青い鳥の写真を白石由紀に見せた。

「やっぱり思い当たりませんね。本当にこれ、将人に関係あるんですか？」

「将人さんが子供の頃、玲奈さんにあげたものらしいんです。でも彼女、知らないって言うんです」

　亘が説明すると、由紀が改まった表情になり打ち明け話を始めた。

「玲奈さんについて少し気になることが。実は玲奈さんが男の人と一緒に歩いているときにすれ違ったことがあって、ひと目でわかりました。玲奈さんが相手の男性に好意を持ってることは。そのことを将人に話したんです」

　この話に右京が食いついた。

「その相手の男性のことは何か覚えていませんか？　特徴とか……ああ、服装でも構わないんですが」

「封筒を持ってました」

「どんな封筒でしょう？」

「たしか〈坂上税理士事務所〉って書いてありました」

捜査一課にも同じ情報が入っていた。伊丹と芹沢は坂上武雄を参考人として呼び、取り調べをおこなっていた。

「あなたと星野玲奈さんが個人的に親しくしているという情報があったんですよ。仕事が終わったあと、ふたりだけで食事とか行ってますよね？　まるで恋人同士に見えたという情報も得ています」

芹沢が口火を切ると、伊丹が補足した。

「どういうことかわかりますか？　あなたと彼女が特別な関係なら、あなたが彼女をかばって嘘のアリバイ証言をしたという可能性も出てくるんですよ。あるいは共犯っていうことも」

「馬鹿を言わないでください。誓ってもいい。私と彼女はあくまで仕事上の付き合いです」

このときドアがノックされ、何食わぬ顔で右京と亘が入ってきた。

「ちょっと失礼」「お邪魔します」

伊丹は眉をひそめて、亘と向き合った。

「お客さままで……。忠告したはずですよ、特命係に関わるとろくなことがないと」

「反対されると燃えるタイプです！」

亘がおどける隙に、右京が税理士に質問した。

「坂上さん、右手どうされました？　事務員の方に聞きました。あなたが手を怪我《けが》したのは二日前。くしくも山本将人さんが亡くなった日です」

「包丁で怪我したんです。料理をしてて……」

坂上の言い訳を右京が簡単に見破る。

「怪我は掌だと聞きましたよ。料理をしていて掌を怪我するとは珍しい。どのような状況だったかお聞かせ願えますか？」

坂上が観念したように態度を改めた。

「たしかにあの日、私は山本さんに会いました」

「それは、あなたたちの浮気が関係してるんですよね？」

伊丹が迫ると、坂上が告白した。

「私は玲奈さんのことを思っています。でも、誤解しないでください。私の片思いという意味です。私は玲奈さんに思いを伝えたとき、言われたんです。『私は幸せになっちゃいけない』と」

「幸せになっちゃいけない？」

「ええ。それなのに、あの日……」

芹沢が訊き返すと、坂上は頷《うなず》いて、二日前のできごとを回想した——。

いきなり坂上の前に現れた山本がナイフを振りかざして言ったのだった。

——あんた、玲奈にちょっかい出してるんだってな。どういうつもりだ？

「あなたですか……。すまないと思っています。しかし、あなたには玲奈さんを幸せにはできない」

——何言ってるんだ！　玲奈と俺は一緒に生活してるんだよ。俺たちは離れられないんだ！

突きつけられたナイフを握って、坂上は言った。

「ふざけるな！　あんたには玲奈さんの気持ちがわからないのか？　玲奈さんは、自分が幸せになっちゃいけないとまで言ってるんだ」

——何……？

「そこまで彼女は追い詰められてるんだ！　あんたのせいで！」

そのときのことを思い出したせいか、右手の怪我がズキッとし、坂上は我に返った。

「玲奈さんは自分が幸せになっちゃいけないって思い込んでる。そこまで彼女を追い詰めるなんて、私にはあの男が許せません」

刑事たちの前で、坂上ははっきりと言った。

特命係の小部屋に戻ったふたりは、おのおの自分の好きな飲み物をたしなんでいた。すなわち、右京は紅茶を、亘はコーヒーを。

ティーカップを手にして、右京が言った。

「将人さんが暴力を振るったり、うちに帰ってこなくなったのが一カ月前。坂上さんの存在を知った頃と一致しますね」

亘はコーヒーを口に運び、「坂上さんのことで苛《いら》ついた。だからって手を上げるのは、やっぱりまともじゃないですね」

そこへ米沢が、青い鳥と鑑定書を持って入ってきた。

「鑑定頼んだんですか？」

「失礼します。分析終わりました。こちらです」

米沢を睨《にら》みながら訊く亘に、右京は簡潔に「ええ」と答え、鑑定書を読み始めた。その要点を米沢が口頭で報告する。

「かなり古いもののようですなあ。調べたところ、使われていた材料の中には二十年以上前のジュースの空き瓶の欠片もありました」

「やはりそうでしたか」

「それから気になることが……」米沢が声を潜める。「表面からはちょっとわかりづらいんですけども、翼の付け根の部分にわずかですが血痕が付着してました」

「血痕？」

声をあげた亘を無視して、米沢は右京に言った。

「ＡＢ型の男性のものと思われます」

「将人さんの血液型は？」

右京の質問に、米沢が即答する。

「Ａ型です。坂上税理士はＯ型……。ＡＢ型といえば星野玲奈さんがそうですが、彼女は女性ですしね」

「米沢さん、どうもありがとう」

右京は上着を着こむと、足早に部屋を出ていこうとする。

「どこ行くんですか？」

「もう一度、あの場所に」

亘は青い鳥と鑑定書を米沢に押し付けると、慌てて右京を追った。

三

右京の言うあの場所というのは、〈清岩学園〉のことだった。再び小松典子を呼び出した右京は、先日の典子の話を引いて質問した。

「玲奈さんのお父さんが、彼女がここにいる間、いちごを送ってきていたとおっしゃってましたね。最初に送ってきたのがいつ頃だったか、おわかりになりますか？」

「はい。ちょっとお待ちください」

典子は棚から古いノートを引っ張り出して、調べ始めた。ややあって、ようやく目当ての記述を発見したようだった。

「ああ、ありました。一九九一年ですね」

「ちょっと拝見できますか？」

右京が記述を確認する。その年、玲奈の父親の星野浩史《ひろし》という人物から、いちごひと箱が送られていた。差出元の住所は佐賀県になっていた。

亘もノートをのぞき込みながら、「一九九一年というと、二十四年前ですね」

「ちょうど玲奈さんが将人さんと出会った頃ですね。玲奈さんのお父さんが最後にこちらに来たのは、いつ頃だったのでしょう？」

右京の質問に、典子が当時の記憶を探る。

「そうそう……彼女の誕生日でした。あの日、玲奈ちゃん、門限が過ぎても帰ってこなかったんです。それでみんなで心配して捜し回って、夜になってからようやく見つかったんです。訊くと、迷子になった、と。方角的に、裏山で迷子になったんだと思いました」

「裏山ですか」

右京が先を促すと、典子は懐かしそうに続けた。

「あそこは人気《ひとけ》がなくて、危ないので行くのを禁止してるんです。でも、やんちゃな男の子たちは隠れてよく行ってました。山小屋があって、そこを秘密基地だなんて言って……」

そのひと言が右京の琴線《きんせん》に触れた。

「その山小屋ですが、今でもありますか？」

「さあ……」

思い立ったらすぐに行動する右京は、さっそく裏山の捜索を始めた。スーツであろうが革靴であろうが、気にすることはない。あとに付いてきた亘は帰りたそうだった。しかし、望みは叶わなかった。右京が執念で壊れかけてぼろぼろになった小屋を見つけたのだ。引き戸はすべりが悪くなっているし、壁や窓にはいくつも穴が開いており、そこから植物が侵入してきているようなありさまだった。

軋《きし》む床板の上を歩いているうちに右京は、一か所が妙に浮いていることに気づいた。床板をはがすと、そこにはなんと、地面に白骨死体が転がっていた。その傍《かたわ》らには錆びた彫刻刀が落ちていた。拾い上げてよく見ると、柄の部分には「平成三年度　全国こども彫刻展」という文字が刻印されているのがわかった。

都心に戻ったふたりは〈坂上税理士事務所〉の前で、就業時間を終えて出てきた星野玲奈をつかまえた。近くの公園へいざない、事情を聞く。

「あなたが育った児童施設、その裏山にある山小屋から白骨死体が発見されました」

右京が告げると、玲奈が頰を強張《こわば》らせた。亘が続ける。

「現在、鑑定してます。時間はかかりますが、やがてすべてが明らかになるでしょう」

「玲奈さん、白骨死体はあなたのお父さんではありませんか？」

右京が核心に踏み込むと、玲奈は目を伏せて告白した。

「私が父を殺しました。あの日、突然施設に現れた父は私を裏山に連れ出して、一緒に死んでくれと言いました。『お父さん、もうダメなんだ』と刃物を出して……」

右京がすばやくそのときの状況を理解した。

「あなたと無理心中を図ろうとしたということですか？　あなたが出るまで施設にはいちごが送られてきていました。すでに死んでいたお父さんの名前で。あれは将人さんが送っていたんですね？　お父さんが生きているように偽装するために」

「私が頼んだんです。父を殺したあとで」

「でも、白骨と一緒に埋まっていたものがあります。彫刻刀です。それも特別な。彫刻刀にはＡＢ型の男性の血液が付着していました。お父さんの血液です」

亘の言葉を受けて、右京が左手の人差し指を立てて推理を語る。

「そこで考えられることはひとつ。お父さんを殺したのは将人さんだったのではないかということです。彼はあなたとお父さんのただならぬようすが心配になって、あとをつけてきた。そして肌身離さずに持っていた彫刻刀であなたのお父さんを刺してしまった。あなたを守りたい。ただ、その一心だったのでしょうね」

「でも、どうして彫刻刀が？」

玲奈が不思議そうな顔で訊く。

「万が一のときに、あなたに疑いが向かないようにお父さんの死体の横に将人さんが埋めたのでしょう」

右京の答えを聞き、玲奈の目が潤《うる》む。そんな玲奈に、亘が語りかけた。

「彼は心からあなたのことを思っていたのでしょう」

「しかし、彼は変わっていきました。その後、彫刻もやめた。無理もありません。その手で人を殺《あや》めてしまったのですから。そんな彼をあなたは必死で支えようとした。しかし、あなたにも変わるときが訪れた。坂上さんとの出会いです」

玲奈が右京から目を逸《そ》らす。

「彼は真面目で、ごく普通の人です。彼は私に『あなたは幸せになっていいんだ』って言ってくれました。それが何より嬉しくて……。でも、私は将人を殺してなんかいませんし」

声を震わせながらも、玲奈ははっきりと断言した。

「お父さんのこと、警察で話してもらえますね？」

亘の提案に玲奈が「はい」と答えると、右京が再び人差し指を立てた。

「最後にもうひとつだけ。あなたの青い鳥を持ち出したのは将人さんですか？」

「わかりません。いつの間にかなくなってたんです」

四

右京と亘は山本将人の個展がおこなわれるギャラリー会場へ向かった。白石由紀が外出中だったので、他のスタッフに聞き込みをおこなっていると、息を切らして由紀が駆け込んできた。

「お待たせしました。ごめんなさい。明日からいよいよ個展なもので」

「すみませんね、お忙しいところを。実は最近なんですが、何度かとある児童施設にうかがいましてね」

「児童施設？」

由紀の目がにわかに険しくなる。

「ええ。そこの職員の方がとても親切で、なおかつ記憶力がとてもよかったのですよ。二十年前のことを鮮明に覚えているぐらいに。で、最近ある人物が昔のことを訊きにその施設を訪ねてきたそうです。その人物というのが、こちら」

右京が指さした先には、亘が持った名刺があった。

「〈佐々本《ささもと》調査事務所〉佐々本徹《とおる》」亘が名刺を読む。「調べたら認可も受けてない業者でした。丁寧に色々教えてくれました。捜査の協力を頼んだら。依頼者はあなたですね」

「つまり、脅したってわけね」

投げやりな口調の由紀に、右京が冷たい言葉を突きつけた。

「あなたのやり方はいつも決まっているそうですねえ。才能のある前途洋々のアーティストを見つけると、その相手のすべてを調べ上げる。生い立ち、家庭環境、金銭問題、異性関係……。そして、力になるふりをしながら脅し、自分の意のままに操る」

「まったく」亘がなじった。「ファミリー感覚ですか。聞いて呆れますね」

由紀が語気を強めて反論した。

「私は以前、何度も芸術家に煮え湯を飲まされたんです。連中の多くはモラルも道徳観も欠落してる。放蕩《ほうとう》を美徳と取り違え、才能を他者を傷つける権利だと錯覚してる」

「だからそんなやり方を？」

「私はビジネスをしてるんですよ。損害を被るのはこっちなんです。いわば、これはリスクマネジメントですよ」

自己弁護をする由紀を、亘が非難した。

「あなたが本来やるべきことは、芸術家の才能を花開かせるためのサポートでしょ？」

「あなたの誤算は、将人さんからは何もやましい事実が出てこなかったことです。そこで、あなたは同居人の玲奈さんも調べさせていた。坂上さんのことを突き止めたのもそこからだったそうですね。そんなある日、調べられていることを知った将人さんは、調査事務所に乗り込み、あなたが将人さんと玲奈さんの身辺調査を依頼したことを知る。過去を探られるのは、彼にとって何よりも恐れていたことです。それは、深く暗い土の底に埋めた過去の罪へとつながるから」

右京の長広舌《ちょうこうぜつ》に、由紀が痺《しび》れを切らした。

「いったい、何を言ってるんです？」

右京は口振りを改めるでもなく、「個展のあと、作品集を出されるそうですね。それに載せるために撮られた写真が、ああ、ここにありますね」と、テーブルに並べられた写真の一枚を取り上げた。個展の準備風景の写真で、そこに写った多くの作品にはまだ白い布がかかったままになっていた。右京はそのうちのひとつ、「蜘蛛の糸」をモチーフにした作品の隣に展示された布を被った作品を指で示した。

「これ、見てください。いいですか？　この写真は事件の翌日に撮られたものです。現在と見比べてみてください。明らかに形が違いますね。事件の翌日は三角、今は丸みを帯びている。なぜこんな現象が起きるのでしょう？　作品が勝手に形を変えるとは思えません。答えはひとつ。白い布の中身があの日は違っていたんです」

亘が白い布を取り除くと、うなだれてしゃがみ込む人物のオブジェが出てきた。

「さっきスタッフの方に確認しました。昨日、ここでなくなっていた脚立、その後、ギャラリーの隅から見つかったそうです」

右京が亘の言葉を受ける。

「あのとき、白い布の下にあったのは脚立だった。たしかあなたは事件のあった日、友人のギャラリーに作品を取りに行ったとおっしゃっていましたねえ。本当はそんな時間なかったんじゃありませんか？　だから、脚立を使って作品のふりをした」

ここで亘が決定的な証拠を持ち出した。

「知り合いの方も追及したら話してくれました。あなたに脅されて嘘の証言をしたって」

「山本将人さんを殺したのはあなたですね？」と右京。「あなたはあの夜、彼に呼び出されてアトリエに行ったんです」

由紀の頭が真っ白になった。思い出したくもない光景が空っぽの頭を満たす——。

アトリエに行くと、野獣のように怒り狂った将人がいた。将人は言った。

——もう言いなりにはならない。あんたの汚いやり方にはうんざりだ！　全部マスコミに公表する。この世界にいられなくしてやるよ。

「冗談じゃないわ。あんたこそ私なしでこの世界でやっていけると思ってるの？　この手で潰してやるわ」

由紀がそう反論すると、将人はおもむろにナイフを取り出したのだった。

――だったらその前に殺してやるよ。

あとのことは正確には覚えていない。もみ合ううちに、いつしかナイフが将人の腹に刺さっていたのだ――。

「あれは……正当防衛だったのよ！　私は将人を突き落としてなんかいない。他の誰かが将人を突き落としたのよ！」

そこへタイミングよく伊丹と芹沢がやってきた。

「警視庁捜査一課です」「お話うかがえますか？」

刑事たちの声が届いていないのか、由紀は何度も何度も、「私は殺してない！」と叫んでいた。

海沿いの倉庫ビルのアトリエで、右京と亘は玲奈と待ち合わせた。

「驚きました。将人を殺したのが白石さんだったなんて」

沈んだ声で語る玲奈に、亘が言った。

「いいえ。彼女は将人さんを殺してはいないようです」

玲奈がぽかんとすると、右京が前に出た。

「他にも色々わかったことがあります。あなたの青い鳥を持ち出したのは将人さんでした。おそらく一カ月前、坂上さんの存在を知ったときからずっと不安に苛《さいな》まれていたのでしょうね。あなたに暴力を振るうようになったのも、そんな不安からだったのではありませんかね？　愛する将人さんからの暴力、それはあなたにかつての父親を思い出させるものだったのではありませんか？」

玲奈はいやいやをするように首を振った。

「また同じことが……と思いました。これは私が犯した罪への罰なんだと。私は幸せになっちゃいけないんだって」

「そして、将人さんは坂上さんに会いに行った。ところが、そこで坂上さんから思いもかけない言葉を聞かされました。『玲奈さんは、自分が幸せになっちゃいけないとまで言ってるんだ』と」

右京は一度話を中断した。そして、玲奈が目を瞠《みは》って聞き入っているのを確認し、続けた。

「二十四年前、罪を犯した者と犯させた者。そんな幼いふたりが結ばれるのはごく自然なことだったでしょう。それからも将人さんはずっとあなたの幸せを願ってきたはずです。自分と一緒にいる限り、あなたはずっと過去の罪に縛られ続ける。あなたの前から姿を消そうと将人さんが思ったとしても、なんの不思議もありません。その将人さんですが、白石由紀にあえて自分を刺させ、彼女に罪を負わせました。なぜそんなことをしたのでしょう？　あなたにはもうおわかりですよね」

玲奈が深く首を垂れるようにうなずいた。

「あなたの幸せを誰にも邪魔させたくなかったからですよ。そして、将人さんは自ら身を投じました。二十四年前におふたりが犯した罪、それは決して消えるものではありません」

亘が言い添える。

「でもたったひとつ言えることは、彼にとってあなたは最後まで初恋の相手のままだった」

「同感です」右京は持参した青い鳥を玲奈の前に置きながら、「今となってはすべてを知る由もありませんがね……」

青い鳥を抱きしめた玲奈の頬に涙が伝った。きっと彼女の頭の中には、初めて将人からこの鳥をもらったときの光景が浮かんでいるのだろう。亘はそう思った。

その夜、〈花の里〉で玲奈と将人のエピソードを聞いた月本幸子が、遠い目をして言った。

「初恋……忘れてました」

「まあ、普通の人にとってはそんなもんですかね」

ワイングラスを片手に亘が同意すると、幸子が言い直す。

「でも思い出しました。好きなのにそっけない態度をとってふられちゃいました」

「たしかに初恋は実らないって言いますね。実らないほうが幸せなのかもしれないな」

「どうしてですか？」

「しょせん幼いときの恋。心変わりしないほうが奇跡なんじゃないですか？」

猪口《ちょこ》を口に運びながらふたりの会話を聞いていた右京が割って入った。

「『新約聖書』にこんな言葉がありましたねえ。『It is more blessed to give than to receive《イットイズモアブレストトゥギブザントゥレシーブ》』。与えられるより与えるほうが幸せである」

「おお、ブラボー！　僕のことですか？」

快哉《かいさい》を叫ぶ亘に、右京が言った。

「君は面白いですねえ」

夜は静かに更けていった。

第七話「キモノ綺譚」

151202

一

杉下右京と冠城亘が所在なげに待っていると、刑事に連れられて〈花の里〉の女将《おかみ》、月本幸子が和装で現れた。

幸子は右京の姿を認めると嬉しそうに駆け寄り、亘に対しては「どうして冠城さんまで？」と不審そうに訊《き》いた。

「いや、女将さんの柄《がら》受けって聞いたらじっとしてられなくて」

右京と亘は幸子の身柄を引き取りにとある警察署へ来ていたのだった。

「たいしたことじゃないんです」

幸子は笑って言い訳したが、右京の見解は異なっていた。

「住民から不審者と通報されて連行されるのは、十分たいしたことだと思いますよ」

幸子を連れてきた佐藤良行《さとうよしゆき》という刑事が小言を漏らす。

「マンションの前をですね、少なくとも十往復ですよ。ゴミ置き場をのぞいたり駐輪場をのぞいたり、もうあっちこっち、ウロウロ、ウロウロ……」

「ですから、いいマンションだなあと思って、ただ見てただけですよ。何度言ったらわかるんですか！」

抗議する幸子を、佐藤が「はいはい」といなす。

「しかし、不審者として連行するにしても警察署ではなく交番で済む話だと思いますがね」

右京が指摘すると、佐藤は返答に窮した。

「私に前科があるからですよ」と幸子。

幸子の過去を知らない亘が聞きとがめる。

「前科？」

幸子は亘をスルーして佐藤に「そうでしょ？」と確認したあと、右京に訴えかけた。

「照会してみて前科があることがわかった途端、お巡りさん態度が変わったもの」

「まあ、それは警察官として自然な反応だと思いますけどね」

佐藤が弁解した。亘ひとりだけが状況を呑み込めていなかった。

「いやいや、ちょっと！　女将さんに前科？」

「だから何か？」

どすの利いた声で幸子に開き直られると、亘は黙り込むしかなかった。それでも気になった亘は、幸子がトイレに行った隙に右京に訊いた。

「すでに罪は償っていますし、だいいちプライベートなことを僕がお教えするというのはおおいに躊躇《ちゅうちょ》するのですが、話題が出た以上致し方ありませんねえ。罪状は殺人未遂です」

「さ……殺人？」

予想外の答えに啞然《あぜん》とする亘に、右京が几帳面に訂正する。

「未遂です」

「気に入ったからあちこち見ていただけという理由には得心がいきませんねえ。だいいち場所がまったく明後日《あさって》の方向じゃありませんか」

警察署からの帰り道で、右京が幸子にマンションをのぞいていた本当の理由を問い質《ただ》した。

「さっきの刑事さんは、それで納得してくれたじゃないですか」

なかなか理由をしゃべりたがらない幸子に、亘が説明した。

「それは我々が柄受けに行ったからです。曲がりなりにも警視庁本部の人間が身元引受人ですからね」

「あなたは見かけによらず無鉄砲なところがありますからねえ。いささか心配です」と右京。

「ミス・デンジャラス」

亘のつぶやきも幸子の耳には届いたようだった。

「いや、こっちの話です」

「はい？」

〈花の里〉まで送り届けてもらった幸子が、ようやく無鉄砲な行動の理由を話し始めた。

「きっかけはこれなんです。古着なんですけど……」

幸子がずっと手にしていた風呂敷を開くと、着物が現れた。

「江戸小紋《こもん》ですか」

右京は着物にも詳しかった。

「呉服屋さんをのぞいたらお手頃価格であったので、先週の水曜日に買いました。もちろん丸洗いされてきれいな状態だったんですけど、胴裏《どううら》にほら、頑固なシミがあって。丸洗いだとシミが取れなかったりするんですよね。まあ、改めてシミ抜きに出してもよかったんですけど、どうせなら自分で張り替えちゃおうかなと思って……」

「えっ、女将さん、張り替えできるんですか？」

驚く亘にほほ笑んで、幸子がカウンターの上に着物を広げる。

「お店をやるようになって着物を着だしてから興味が出て、和裁を習ったりしたんです。ちょっとした腕試しのつもりで張り替えようと思って、胴裏を剝《は》がしたんです。そしたら……」

幸子が前身頃の裏を開いて見せると、なんとそこには物騒な文字が殴り書きされていた。

――いつかおまえがそうしたように
　あたしもおまえを殺したい
　でもできない　もどかしい
　　　　　　　　　　幸子

「失礼」

文字を指でなぞる右京に幸子が言った。

「口紅みたいです」

「そのようですねえ」

「幸子って、女将さんの下の名前も幸子ですよね？」

亘が確認すると、前科者の女将が顔を曇らせた。

「『さちこ』と読むのか『ゆきこ』なのかわかんないですけど、同じ字です」

「いつかおまえがそうしたように、あたしもおまえを殺したい。でも、できない、もどかしい」

右京が書き付けを音読した。

「なんか不気味でしょう？　わざわざ着物の裏に口紅で。とにかく気になりだしたら夜も眠れなくなっちゃって。で、安眠のためにもここは真相を突き止めるしかない。そう思ってこの着物の元の持ち主を突き止めて訪ねていったんです。でも、行ったのはいいんですけど、なんて言って会えばいいのか名案が浮かばなくて、それでさまよってるうちにマンションの住人に通報されちゃって……」

ようやく幸子が連行された理由が明らかになったところで、亘が右京に訊いた。

「いかが致しましょう、隊長？」

「隊長かどうかはともかく、調べるほかありませんねえ。僕の安眠のためにも」

「最初っから相談すればよかった」

幸子が嬉しそうに笑う横で、右京は口紅の文字を子細に検分していた。

右京と亘が最初に接触したのは上條愛《かみじょうあい》という女性だった。例の着物を表参道の〈神楽屋〉という呉服屋に売ったのが、生徒たちに着付けを指導している愛だったのである。ふたりは着付け教室から出てくるショートカットの愛を待ち伏せして公園へ呼び出し、事情を聞いた。

「なるほど、着物を五枚処分した。そのうちの一枚がこれですね？」

亘がスマートフォンに表示させた江戸小紋の着物の写真を示しながら、右京が話をまとめた。愛は事実を認めながらも、話が見えずに混乱していた。

「あの……私が売った着物がどうかしたんですか？」

「裏地を剝がしたらこんなものが」亘がスマートフォンの画面をフリックし、口紅の文字の写真に替えた。「調べたらこの幸子《さちこ》さん、あなたのお姉さんですね？　それも双子の」

「ええ……」愛が戸惑いながらうなずく。

「どういうことでしょう？」右京が質問する。「その文章、一種の恨み言のように読み取れます。そして、末尾の『幸子』を署名と考えれば、幸子さんが書いたものとなる。しかし、そうなると奇妙ですねえ。『いつかおまえがそうしたように、あたしもおまえを殺したい』。わかりますか？　つまり、この文章の『あたし』は過去に『おまえ』なる人物に殺されていて、その復讐をしたいと綴《つづ》っているわけですよ。まるで幸子さんは死んでしまっているようじゃありませんか」

「幸子が書いたものだと思いますけど、わかりません」

　愛が首を振った。

「幸子さんはどういうつもりでこんなことを書いたのでしょうねえ？　意味不明です」

　右京がさらに疑問を重ねると、愛は不安そうに言った。

「これって事件なんですか？　警察ってこんなことで動くんですか？」

「何しろ『殺したい』などと物騒なことが書いてありますからねえ。過敏に反応するのが警察官の悲しい性《さが》でしょうかねえ」

右京がぬけぬけと言い訳するのを受け、亘が質問した。

「あっ、そうだ。幸子さんどんな仕事なさってるんですか？」

「クラブで働いてます」

「ホステス？」

愛はうなずきながら、「兼マネジャーです」

「なんてお店か教えてもらえます？　ちょっと本人に確認したいことが」

「赤坂の〈アルヘナ〉。母のやってるお店です」

「お母さんの名前、絵美《えみ》さんですね？　ああ、そうだ。正確を期すために、お店の名前と住所、電話番号を書いてもらえませんかね？」亘がポケットから名刺とペンを取り出した。「まあ、そちらにしてみれば、こっちで勝手にいろいろと調べておきながら甘えるなって言いたいでしょうけど、どうか寛大な心で」

渋々受け取って名刺の裏に求められた情報を書き始めた愛に、亘がさらに訊く。

「お店ではなんていう名前？　源氏名」

「『きょうこ』です」

愛は名刺の一番下に「今日子」と書き添えた。

右京と亘がクラブ〈アルヘナ〉で今日子を待っていると、きらびやかに装った貫禄のある女性がやってきた。この店のママの上條絵美だった。絵美は右京と亘についていた若いふたりのホステスを人払いした。

「ようこそいらっしゃいませ」絵美は席に着くなり、「たとえ調べ物でいらしたとしてもお勘定はいただきますよ」と言った。

「愛さんが通報済みですね」

亘が苦笑すると、絵美は口に手を添えて愉快そうに笑った。

「ふたり組のご新規さんでいきなり今日子をご指名ですもの。すぐわかりました。愛がいろいろ言っていましたけど、ちっとも要領を得なくて……。どういうことなんです？」

「お母さまではなく幸子さんご本人とお話ししたいのですがね。ああ、失敬。ここでは今日子さんでしたね」

右京の言葉に、絵美が眉根を寄せた。

「あいにく今日子はまだなんですよ。そのうち来ると思うんですけど、気まぐれな子で……」

それから一時間ほど待っても、今日子は出勤してこなかった。ママが申し訳なさそうに詫《わ》びる。

「すみませんね、お待たせしちゃって」

「出直しますか？」

亘が持ちかけると、右京が「そうですねえ」と応じた。

「そこらで腹ごしらえしてからまた来ましょう」

立ち上がろうとする亘を絵美が止める。

「軽いものでしたらお出しできますよ。なんなら出前も取れますし」

「いやいやいや」亘は大げさに両手を振って、「しがない公務員、そんな贅沢なんかできません。近所で安くて美味しい店知りません？」

「中華でしたらいいとこありますけど」

「いいですね！」絵美の提案を亘はすぐに受け入れ、ポケットから名刺とペンを取り出した。「あっ、正確を期すために、お店の名前と軽く地図なんか描いてもらえると助かるんですが。目印なんかも入れて」

「お勘定高くつきますよ」

「そこはサービスで」

他愛《たわい》ない冗談に「はいはい」と返し、絵美がペンを握った。

翌朝、上條家のマンション前で右京と亘が張り込みをしていると、愛と面立ちがよく似た女性がウェーブのかかったロングヘアを揺らしながらエントランスから現れた。片手は男の子の手を握り、もう一方の手にはごみ袋を持っている。女性は男の子に「ちょっと待ってて」と言い置くと、ごみステーションにごみを捨てに行った。

ここで右京と亘は女性と接触した。

「おはようございます。上條幸子さんですね？」

声をかけてきた亘に「そうだよ。どなた？」と答えながら、幸子は腕組みをしてふたりに向き合った。

「おそらくお母さまや愛さんからお耳に入っていると思いますが……」

右京がかまをかけると、幸子は「ああ、ああ、ああ」と何度もうなずき、「ねえ、あの子送ってからでもいい？」と訊いてきた。

「もちろん」

「本当は愛の役目なんだけど、昨日店休んじゃったペナルティーで」

あくびをしながら、幸子がぼやく。

「ええ、待ちぼうけでした」

右京が苦笑いを浮かべると、幸子は「ごめんね」と謝った。

「弟さんの名前、吏玖《りく》くんですね？」

男の子を見つめながら質問する亘を挑発するように、「なんでも調べるんだ、警察って」と言ってのけると、幸子は「そこの通り出て右行くとすぐ、お茶できるとこあるから待ってて」と、弟のところへ駆け寄った。

ごみステーションでのやり取りを見ていた吏玖が姉に訊く。

「誰？」

「彼氏」

「ふたりも？」

「悪い？　さ、行こう。遅れちゃう」

幸子が吏玖の手を引いて歩き出した。

「おっきいほうがイケメンだね」

幸子の見解は、吏玖とは違っていた。

「そうかな。あたしはメガネのほうがタイプだけど」

ふたりが指定されたファミリーレストランで待っていると、しばらくしてから幸子が現れた。亘が例の口紅の文字をスマートフォンで見せると、幸子はこともなげに、「ポエム」と答えた。

「これがポエム？」

確認する亘に、幸子が言い放つ。

「ポエムだから意味は深く考えないで。なんとなく思いついたこと、書いただけだから」

「どういう意図で？」

「意図って？」

「いや……わざわざ愛さんの着物の裏に書いた理由」

「そのとき、愛とケンカしてむしゃくしゃしてたから」

「愛さんと仲悪いんですか？」

「そんなことないよ。普通だと思う。だからそのポエムもしばらくしたら消そうかなと思ってたんだけど、また胴裏剝がして縫い直すの大変だし、どうせ愛も気づかないし、まあいいかこのままでと思って。いや、まさか売っちゃうと思わなかった。ましてやこんなおおごとになるなんて」

幸子はあくまで軽い調子で事情を説明した。

「まあいずれにしても、これはあなたが書いたということで間違いないんですね？」

亘が念押しすると、幸子は「はい、間違いありません」と神妙に答えた。

亘が名刺とペンを取り出す。

「じゃあ、ここになんか書いてもらえませんかね？」

「えっ？」

「お得意のポエムでも。実は、誰が書いたのか特定しようと思って、お母さんと愛さんにも書いてもらったんです」

「筆跡鑑定？　あの手この手だねえ」

呆《あき》れたように声をあげながら、幸子がペンを走らせる。書き終わると右京に向かって、「メガネさんは？」と訊いた。

「はい？」不意を突かれた右京が聞き返す。

「あたしになんか訊きたいことある？」

「では、お言葉に甘えてひとつだけ」右京は立てた人差し指を幸子のロングヘアに向けて倒し、「それはウイッグですか？」

「えっ……わかる？」

「いいえ。とても自然なのでまったくわかりませんでしたが……よくお似合いですよ」

幸子が「クソッ……かまかけられた！」と、声に出して笑うと、右京も作り笑いを浮かべた。

「とにかくこれはただのいたずら書きなんで、大騒ぎしないで。警察の出る幕じゃないよ」

そう言い置くと、名刺とペンを亘のほうへ押しやり、席を立って出ていった。

亘が名刺を裏返すと、こんな文字が書かれていた。

――こんどデートしましょ。

あ、メガネさんのほうね。

上條幸子はどこまでも人を食った女だった。

幸子

マンションに戻った幸子は、自分の部屋に入った。中央に置かれた二段ベッドでふたつに仕切られた部屋の一方には着物が掛かった衣紋《えもん》掛けや着付けの練習用のマネキンが整然と並べられ、もう一方には派手なドレスやウイッグがやや雑然と置かれていた。机もそれぞれの区画にひとつずつ据えられている。

幸子は自分の机の上に置かれた日記帳を取り上げて、開いた。最も新しい記述に目を通す。そこには愛の筆跡でこう書かれていた。

――今日、教室の帰りに刑事さんが来た。私が売った着物の裏地を剝がしたら、「いつかおまえがそうしたように、あたしもおまえを殺したい」って書いてあったって、写真を見せられた。あなたがそんなことしてたなんて、ビックリした。あなたのとこにも刑事さんが来るから、うまく言って。お願いよ、幸子。ママを悲しませるだけだから。

愛の文章を読んだ幸子は、しばらく考えてから、新しいページに書き込んだ。

――十二月一日火曜日　朝、吏玖を送りに出たら刑事が来た。聞かれたから、ポエムと言ってごまかしたけど信じたかな？　ちょっと不安……。

二

右京と亘は鑑識課で米沢の説明を聞いていた。筆跡鑑定の結果が出たのだ。

「この方の筆跡で間違いないでしょう」

米沢が取り上げたのは、上條幸子が裏書きした名刺だった。

「ちなみに、このメガネさんというのは杉下警部のことですか？」

亘が手を挙げて正解であることを伝えると、米沢はさらに興味を持ったように、「さちこ？　ゆきこ？　それとも、こうこ？」と訊いた。

「こうこはないでしょ。さちこでしょ」

「年齢は？」

「二十五」

「うらやましい限りですな。幸子といえば、〈花の里〉の女将もたしか幸子さんでしたね？」

米沢と亘に茶化されるのが気に食わなかったのか、右京は「それがどうかしましたか？」と語気を強めると、「僕は行きますよ」と言い残して、鑑識課のフロアから足早に去っていった。

右京が完全に去ったのを確認して、亘が米沢に質問する。

「ちょっと訊きたいんですけども、女将さんと右京さんってデキてるんですかね？」

「さあ……」

「だってお店に通い詰めじゃないですか。まあ、僕はデキてると踏んでるんですけどね」

「好きなだけ踏んだらよろしいんじゃないですか？」

米沢は取り合おうとしなかった。

「相変わらず根に持つタイプですね」

亘が揶揄《やゆ》すると、米沢が開き直った。

「餅をついたような性格だと言われてます」

慌てて右京を追いかけた亘は、廊下で追いつくと、右京の背中に向かって言った。

「幸子さんの書いたもので間違いないようですし、本人も内容に特段意味はないと言ってる以上、この件はおひらきですかね」

「ポエムですか……」

右京は未だに得心がいっていないようだった。

その夜、右京はひとりで〈花の里〉を訪れた。右京から説明を受けた月本幸子が右京の猪口《ちょこ》に徳利《とっくり》から日本酒を注《そそ》ぎながら謝る。

「本当にもうすみませんでした。変なことに巻き込んで」

「少なくとも次回は警察沙汰になる前に相談してくださいね」

右京が釘を刺すと、幸子は殊勝に「はい」と答え、思い出話を始めた。

「双子といえば、小学校の同級生に双子がいたんです。男の子だったんですけどね。学校側の配慮だと思うんですけど、クラスが別々で。でもね、外見がそっくりなのをいいことに時々入れ替わって、みんなを驚かせて喜んでました」

右京は日本酒を舐めるように味わい、「双子というのは、少なからずそういう経験があるようですね」と同意した。

「愛さんと幸子さんも見分けがつかないぐらい似てますか?」

「いえ。外見は随分違いますね」

「やっぱり大人にもなると双子もそうですよね。髪形とか服装とかそれぞれですもんね」

幸子のひと言で右京は何やら考え込んだ。

翌朝、上條愛が弟の吏玖を学校へ送っていた。

「じゃあね、気をつけていっておいで」

　吏玖が姉に質問した。

「ねえ、愛。ジュンくん、今度いつ来る？」

「うーん、いつかな？」

「また呼んでよ。じゃあ、いってきます」

　元気に走っていく弟のランドセルに向かって、愛は「いってらっしゃい」と言った。


　同じ頃、特命係の小部屋で右京は亘に向かって心の中の疑念をぶつけていた。

「成りすまし？　昨日、我々が会ったのは幸子さんではなく愛さんだったんですか？」

　亘は信じられない思いだったが、右京は自説をまげなかった。

「我々は見た目が明らかに愛さんと違うことから幸子さんだと決めつけて声をかけましたが、もしもですよ、あのとき、とっさに彼女が幸子さんを演じたのだとしたら……。ふとそんな思いが頭をよぎりましてね。考えてみたら女性ですからねえ、その日の気分によって髪形や化粧を変えてもおかしくありませんから、その違いだけで幸子さんだと決めつけたのは勇み足だったのではないかと……」

「うーん……なんで愛さんはそんなことしたんですかね？」

「我々の勘違いを利用して、これ以上の追及を逃れたというのはどうでしょうね？」

「つまり、追及されたくない事情がある？」

「その通り」

ここで組織犯罪対策部の角田が立ち上がった。いつものように特命係のコーヒーメーカーで淹《い》れたモーニングコーヒーを無心に来て、ここまでふたりの会話を聞いていたのだった。

「しかし、筆跡を調べたんだろ？　愛と幸子、姉妹の筆跡は明らかに違っていた。さっきそう言ったよね？」

「ええ」亘が同意する。「髪形や化粧、口調ぐらいまでは変えられても、筆跡までそう簡単に変えられません。科学的検証を無視した暴論としか思えませんね」

右京は曖昧《あいまい》にうなずきながら、「そこを突かれると一言もありません。しかし、いったん疑問が湧くと、とにかく確かめずにはいられない性分なものですからねえ。まもなく結果が出ると思いますよ」

「結果？」

そこへ「おはようございます」と挨拶しながら、鑑識課の米沢がやってきた。待ちわびて右京が立ち上がる。

「出ましたか？」

「いやはや、驚きました」米沢が裏書きされた名刺を机の上に二枚並べて置いた。「えーっと、こちらが愛さん。そしてこちらが幸子さんですが、筆跡は明らかに別人ですが、両者は同一人物でした」

「えっ、どういうことだ？」

角田が黒縁眼鏡を掛けなおす。

「指紋ですか？」亘が訊いた。

米沢は「早朝に叩き起こされ、ご依頼を受けて調べたところ、どちらの名刺からも同一の指紋しか検出されませんでした」と説明した。

右京が両手を背中に回して組んだ。

「ＤＮＡまで同じである一卵性双生児、すなわち双子といえども指紋だけは異なるはず。つまり、その二枚の名刺からは別々の指紋が検出されなければおかしい。ということは……」

右京が濁した語尾を、亘が補う。

「愛さんが幸子さんを演じていた？」

「指紋からはそう考えざるを得ませんね」

「いやいや」角田が抗議する。「筆跡問題を忘れるな、お前。これ、明らかに別人だって言ったよな？」

米沢は苦しげな言い訳口調になり、「これを同一人物が書き分けたとなると、相当な訓練が必要でしょうな。一朝一夕でできる芸当ではありません」

「いずれにしても、まだ調べてみる必要がありそうですね」

右京が亘に目配せした。

三

「たしかに君の言うとおり、現状最も手っ取り早い確認方法であることには同意しますが、正直あまり得意ではないんですよ」

珍しく右京が弱音を吐いた。右京と亘は電柱の陰に身を寄せていた。

「何情けないこと言ってるんですか」

「理屈が通用しない。ときとして意表をつく行動に出る。苦手です。同じ生き物とは思えません」

右京が言及しているのは子供のことだった。この場合は特定の子供、上條吏玖である。

ふたりは吏玖から話を聞こうと、学校からの帰り道で待ち伏せしていたのだった。

「あっ、来ましたよ」

友達と別れた吏玖がひとりで別の方向へ歩いていく。右京と亘は電柱の陰から出て、あとを追った。しばらくすると、吏玖は突然立ち止まり、後ろを振り返った。そして、ふたりの怪しい男の姿を確認すると、猛然と走り出した。ふたりもあとを追ったが、吏玖のほうが道を熟知しているうえに、小回りがきいた。家と家の間の路地のようなところへ逃げ込まれ、ふたりの大人は完全に姿を見失ってしまった。

　と、いきなり「わっ！」と物陰から吏玖が飛び出してきた。本気で腰を抜かす亘に、吏玖は得意げな顔で「ビックリした？」と訊いた。

「ああ、ビックリした」

「鬼ごっこする？」

　どうやら吏玖は面白い遊び相手を見つけたと思ったようだった。しかし、右京が「また今度」と答えると、「つまんねえの」と小走りに逃げ出した。

「吏玖くんだよね？」

　追いかけながら訊く亘に、「違うよ」と答えたかと思うと、直後に「うっそー」と笑う。右京の言うように、子供という生き物はまことに御しにくかった。

「ちょっと話したいんですけども」

　亘が猫なで声で呼びかけても、「嫌だよー」の一点張り。ついに右京が最後の手段に出た。

「君、お腹すいてませんか？」

　見事に駄菓子屋に連れてくることに成功した右京に、亘が苦言を呈する。

「一種の利益誘導ですよ。これが取り調べなら供述は採用されない恐れがあります」

　右京がそっぽを向いてしまったので、亘がしゃがんで吏玖に訊いた。

「あのさ、お姉さんのこと訊きたいんだけど……」

「幸子はメガネのほうが好きだって」

まだ何も訊かないうちから、吏玖が言った。

「言ってたよ、幸子」

興味を抱いた右京もしゃがんで吏玖と目線を合わせる。

「昨日の朝、君を送っていたのは幸子さんですか？」

「うん」

「愛さんじゃないの？」

念を押す亘に、吏玖は「あれは幸子だよ」と答え、「道草してるとママに叱られるから、もう帰るね」とマンションの方向へ歩き出した。

「ちょっと、吏玖くん、吏玖くん」

呼び止めようとする亘にヘン顔で応じた吏玖は「ジュンくん、来るかもしれないし」

と勢いよく駆けていった。

「ジュンくんって誰？　お友達？」

最後に亘が質問しても、吏玖は振り返らなかった。

ふたりは右京の車で警視庁に戻った。他人の運転が苦手な亘は助手席で身悶《みもだ》えしながら訊いた。

「まさか弟が姉ふたりの見分けつかないなんてこと、ありませんよね？」

「ええ」

「ならば嘘ついてる？」

「彼が嘘をつく理由は？」

「愛さんにそう言えって言われたとか？」

亘が持ち出した仮説に、右京は否定的な見解を述べる。

「我々が吏玖くんにアプローチすることを見越して、愛さんが嘘を言うように言い含めたという意味ですか？」

「万が一、用心のためにね。まんざらあり得なくはないでしょう」

「ええ」

「指紋は同一人物、筆跡は別人。果たしてその正体は？　なんかますます楽しくなってきましたね」

「はい？」

「嫌いじゃありませんよ。こういうカオスな状態。……って、前見てますか？」

「君、意外と落ち着きがありませんね」

運転席の右京が澄ました顔で言った。

特命係の小部屋では珍しく捜査一課の伊丹憲一と芹沢慶二が待っていた。右京と亘が帰ってくると、伊丹が言った。

「ダメでしょう。ピカピカの一年生にちょっかい出しちゃ」

「母親が激怒して、警視庁に猛烈な抗議があったそうですよ」

芹沢が補足する。

「そういうことでしたか」と右京。

「あれ？ それ言いに来たの？」

亘が訊くと、芹沢が「見張りです」と答えた。

伊丹が刑事部長の内村完爾の口真似《まね》をする。

「『杉下はどうなっても構わんが、一緒にいる冠城亘に被害が及ぶと具合が悪い。これ以上、勝手な真似をしないようにしっかり見張っておけ』だそうです」

「いや、そんな配慮いりません。僕も好きでやってるんです。何があっても自己責任です」

亘が固辞すると、伊丹が言った。

「わかってますよ。こっちも正直、冠城さんが傷物になろうと関係ないですから。ですが、上層部《うえ》からの命令、従わないわけにはいかないもんで」

「大人しくしててくださいね」と芹沢。

「監視対象は主に冠城くんということですね？」

「さすがの部長も警部殿には、さじを投げたんじゃありませんか？」

伊丹の冷笑を、右京は曖昧な笑みで受けた。

「つまり、僕が動く分にはあなた方もとやかく言わない？　仕方ありませんね。僕はちょっと出かけます。冠城くんをよろしく」

そう言って、右京はひとりで出かけた。


置き去りにされた亘は、小さな板切れに墨で自分の名前を書き、端のほうに錐《きり》で穴をあけた。亘の作業を見守りながら、芹沢が右京の悪口を言う。

「根本的に冷酷な人なんですよ。利己的だし」

「一緒にいて割を食うのは冠城さんですよ」と伊丹も口裏を合わせた。

亘はそんなふたりに取り合わず、作業を続けた。そして、できあがった名札を掲げてみせた。

「どうです？　この手作りの温もり」

裏側には朱色で名前が書かれている。亘は手製の名札を入口近くのボードの、右京の隣のスペースに引っ掛けた。適当な材料で間に合わせたため右京の名札よりもひと回り大きかったが、亘はそれを満足そうに眺めた。

「そんなことしたら本当に特命係の人になっちゃいますよ」

「まあ、ご自由ですけど。特命係になんか染まらないほうがよろしいかと思いますけど……」

芹沢と伊丹が反対するが、亘は意に介さなかった。と、そのとき亘のスマートフォンに着信があった。相手は〈花の里〉の月本幸子だった。

「もしもし?」

――伊丹刑事たちがまだご一緒でしたら、女友達からの電話のように振る舞ってください。月本です。

「もしもし?」

――杉下さんからの伝言です。六時に〈ロイヤルタワーホテル〉のラウンジで落ち合いたいそうです。

「わかった、すぐ行く」亘は通話口をふさいで、スマートフォンを伊丹に差し出した。

「あの、彼女なんですけども出ます?」

伊丹が咳払いをしてから電話に出た。

「もしもし」

月本幸子が声色を変えて受け答える。

——はい、もしもし？

「失礼しました。代わります」

伊丹から電話を受け取った亘は、「えっ、今の？　顔の長いおっさん。じゃあね」と電話を切ると、見張りのふたりに、「デートなんですけども、よかったらどうぞ」と誘った。

伊丹も芹沢もそこまで無粋ではなかった。

〈ロイヤルタワーホテル〉のラウンジで落ち合ったふたりは、今後の作戦を立てていた。

「クラブ〈アルヘナ〉に？」

亘が右京の指示を確認する。

「ええ、行ってください。同じ頃、僕は自宅を訪ねてみます。我々が会った幸子さんは、指紋の示すとおり実は愛さんだったのか、あるいは吏玖くんが言うように紛れもなく幸子さんだったのか。個別に会って確かめようとしても、煙《けむ》に巻かれそうな気がしましてね」

「たしかに、同時刻にふたりと別々に会えばはっきりしますね。でもな……ママ入れてくれるかな？　怒ってるんですよね」

亘が難色を示しても、右京は聞く耳を持たなかった。

「ですから謝罪も兼ねて行ってください。七時に決行です。よろしくどうぞ」

「わかりました」亘が頭を深々と下げる。「出向中の俺が警視庁を代表して謝りましょう」

頭を上げたときには、右京の姿はどこにもなかった。


午後七時――。

右京がマンションのエントランスで上條家の部屋のチャイムを押すと、インターホンに吏玖が出てきた。

――はい。

「こんばんは」

――誰？

「メガネです。わかりますか？」

――うん、わかるよ。

「愛さん、いらっしゃいますかね？」

――いないよ。

「いない？ そうですか……。お仕事はとっくに終わっているはずなんですが、どこにいらっしゃるんでしょうね？」

──今は幸子だから、どこにいるか知らない。

「はい？」

同じ時刻──。

亘は〈アルヘナ〉のママ、絵美に怒鳴られていた。

「お帰りください！」

「いや……ですからお詫びかたがた……」

「結構です。二度と私たち家族の前に現れないでください」

そこへドレスを着たロングヘアの幸子が現れた。地獄で仏に会った気分で、亘が幸子を手招きする。

「あっ、幸子ちゃん、幸子ちゃん」

「ここでは今日子」

「あんたは戻ってなさい」

絵美が娘を追い立てようとしたが、幸子はそこに残ってようすをうかがっていた。

「あの、メガネのほうが『よろしく』って……」

亘が話の接ぎ穂を探ろうとしたが、幸子は取り合わなかった。

「ただのポエムだって言ってるのに。ねえ、暇なの？　あなたたち」

「あっ、いや」亘が観念した。「帰ります。はい」

右京は吏玖をうまく丸め込み、部屋に上げてもらうことに成功した。ゲームの途中でトイレに立った吏玖の目を盗んで右京が愛と幸子の部屋を検《あらた》めていると、「メガネー」と呼ぶ声がした。しばらくすると、吏玖が右京を捜して部屋に入ってきた。

「メガネ何やってるの？」

「愛さんと幸子さん、一緒に部屋を使っているようですねえ」

「ダメだよ、勝手に入ったら」

「おお、これは申し訳ない」

「ねえねえ、早く続き！」

吏玖にせかされ、右京がテレビゲームの前に戻る。

ふたりでゲームを楽しみながら、右京が吏玖に訊いた。

「ジュンくんともゲームをしたりするんですか？」

「するよ」

「学校のお友達ですか？」

「違うよ」

「親戚とか？」

「ジュンくんのことは話さない。ママに叱られるから」

と、右京のスマートフォンの着信音が鳴ったので、吏玖が「もう」と膨れた。

「もしもし」

相手は亘だった。

――ママに追い出されました。でも一応、確認は取れました。お店にいた幸子さんは、間違いなく我々があの朝会った人物です。あのとき、話した内容も通じましたから。あっ、そっちはどうです？

「いえ、愛さんはここにはいませんでした」

――じゃあどこに？

「おそらくお店の幸子さんは愛さんです。いえ……正確に言えば愛さんですが、今は幸子さんなんですよ」

四

右京と亘はマンションの前で上條絵美と幸子の帰りを待っていた。深夜、タクシーで帰宅した母娘はとりあえず部屋にふたりを上げた。

「非常識にも程があるじゃないですか！　こんな真夜中に……。何なんですか？　いったい」

「多重人格」右京は怒り心頭に発した母親を無視して、娘の顔をのぞき込んだ。「今はアメリカの診断基準に従って『解離性同一性障害』という名称が使われるようになってきているようですが、『多重人格』と言ったほうが一般的にはわかりやすい。そういうことだったんですね？　愛さんと幸子さん、指紋が一致したにもかかわらず、筆跡が明らかに別人という単なる成りすましでは説明しづらい矛盾が、多重人格ということであれば解消できます」

「吏玖くんが別に嘘をついてたわけじゃないということも……」

亘が言い添えた。絵美が文句を言おうとしたが、それより先に右京が口を開いた。

「ええ。あのときは間違いなく幸子さんだったから、彼は正直にそう答えたんです。幼い彼は交互に現れる愛さんと幸子さんをごく当たり前のことのように受け入れているのでしょう。彼にとっては文字どおり、物心ついた頃からふたりの姉はそういう存在だったわけですからねえ」

ここで絵美が口を挟んだ。

「だから？　そんなのプライベートなことじゃないですか。ほっといてください」

「お嬢さんの状態に、我々はとやかく口を挟むつもりはありません。しかし、放ってはおけないんですよ」

亘が具体的に説明する。

「双子の姉妹は今も戸籍上、存在してます。でも実はひとりしかいない。もうひとりは実体がない。今は幸子さんなんですね？」

「例の着物の文章に書かれているとおり、あなたは殺されているんですよ。過去に」

右京のひと言が呪文だったように、幸子は目を静かに閉じた。何かをつぶやくように唇が小さく動き、やがて目を開けたときには、幸子は愛に変わっていた。

ウイッグを脱ぎ捨てて、愛が言った。

「……幸子は眠りました」

「愛さん？」亘はまだ自分の目で見たものが信じられなかった。「演技じゃありませんよね？」

「多重人格なんて信じない、どうせお芝居だろうって人もたくさんいますが……」

愛の言葉に右京が理解を示し、ふたりの部屋のドアを開けた。

「ええ。お芝居でふた役を演じているだけならば、部屋にこれほどのふたりの生活感は表れませんよ。我々は今、幸子さんはもはやこの世にいないのではないかという話をしていたところです」

その話を初めて聞いた愛が他人事《ひとごと》のように「そうですか」と答えた。

「『いつかおまえがそうしたように、あたしもおまえを殺したい』。この『おまえ』というのは愛さん、あなたのことですね？」

「やめてって言ってるでしょう！」

絵美が大声で制止しようとしたが、愛が冷めた声でそれを遮《さえぎ》った。

「ママ、やめて。ママは何も悪くないわ。悪いのは愛だもん。幸子に恨まれて当然だもん」

「すなわちあなたが幸子さんを殺した。そういうことですね？」

右京が告発すると、愛はためらわずに「はい」と答えた。

「違う！」絵美が右京に取りすがる。「あれは事故なの！　事故なのよ！」

絵美は号泣しながら、床に泣き崩れた。

真相は痛ましいものだった。双子だけで一緒にお風呂に入って浴槽で潜水ごっこをしている際に、愛がふざけて幸子の頭を押さえつけ、窒息死させてしまったのだ。〈花の里〉で亘の口からその真相を聞かされて、被害者と同じ名前の女将は暗い顔になった。

「溺れ死んじゃったんですか、幸子さん」

「わずか五歳ですよ」亘の表情も硬い。「子供の無邪気な戯《たわむ》れが引き起こした痛ましい事故」

「でも、お母さんはどうして救急車を呼ばなかったんでしょうか？」

「救急車で運ばれてもし蘇生しなかったら、もうひとりの娘は姉を殺した妹として生きていかなければならない。そう考えたとき、もはや息をしていない娘の処置よりももうひとりの同じ顔をした娘の将来を選んだそうです」

右京が真相の続きを語る。

「母親の絵美さんは幸子さんの遺体を毛布でくるみ、車で十分ほど走った竹林の奥に埋めたそうです。そして、一夜明けると『幸子は遠い親戚のところへ行った』、そう愛さんに告げたそうです。もちろん、愛さんはそんなことを信じません。しかし、絵美さんは『愛は悪い夢を見たんだ』と何度も言い聞かせました。幼い愛さんにしてみれば、母親の言い分を受け入れるしかなかったのでしょうねえ」

「ご近所の方は怪しまなかったんですか？　急に幸子さんがいなくなって」

女将の疑問に、亘が答える。

「だから事故が起こってまもなく、絵美さんは愛さんを連れて引っ越したんです。田舎を捨てて他人には無関心な東京へ出てきた」

「ところが引っ越してまもなく、愛さんに異変が起こりました」

女将が右京の先を越した。

「それが多重人格？」

「ええ。愛さんの中に幸子さんの人格が生まれて、ふたりは交互に現れるようになったそうです」

「母親の絵美さんが徹底していたのは、交互に現れる愛さんと幸子さんをそれぞれの小学校に入学させたことです」

「ええっ？」

亘の語った真実は女将の想像を超えていた。

「もちろん同じ学校ではバレるから別々の。愛さんは学区内の小学校。幸子さんは隣町の私立に通わせて……」

「ふたりとも休みがちな生徒だったそうですよ。当然ですねえ。ふたりは同時に存在できませんから。片方が通学しているとき、片方はおのずと欠席にならざるを得ません」

「で、そうやって綱渡りみたいな生活を続けてるうちに、愛さんはある程度人格交代をコントロールできるようになったそうです」

右京と亘によって交互に語られる驚愕の真実が、次第に女将の頭に染みこんできた。

「自由自在に愛さんにも幸子さんにもなれるってことですか？」

「頭の中である程度、話し合いができるって言ってました」

「とはいえ、幸子さんの人格に交代している間のことは愛さんの記憶に残りませんし、逆もまた同じですから、ふたりは交換日記をつけて、記憶を補い合っているそうです」

女将が着物を広げ、口紅の文字に目を落とした。

「これを書いたのは幸子さんだけど、本当の幸子さんは五歳のときにこの世を去ってい
て、つまり愛さんの中で育った幸子さんの人格がこれを書いたわけですね」
「おまえを殺したいと言いつつも、それが不可能であることを嘆いている。『でもでき
ないもどかしい』という言葉がひどく哀れに思えてなりません」
しみじみとした口調で右京が言った。
「差し支えなければ、その着物返してもらえないかって愛さんが言ってます」
亘が愛の望みを伝えると、女将はゆっくりと大きくうなずいた。

翌日、とある公園で亘から着物を受け取った愛は、「ありがとうございます」と頭を
下げ、「母と私はどんな罪に問われるんですか?」と訊いた。
「あなたの起こした死亡事故は五歳のときですから、そもそも罪には問われません。お
母さんのした死体遺棄などはもちろんれっきとした犯罪ですが、すでに時効です」
亘の説明を受け、右京が言った。
「しかし、幸子さんの死亡届を故意に出さず、双子の姉妹が今なお存在するかのごとく
世間を欺いているのは少なからず法に触れます。これを機に正しく届け出てください。
約束していただけますね?」
「わかりました」

「余計なお世話かもしれませんが、あなたには治療が必要です」

亘が真摯《しんし》に提案すると、愛は小さくうなずいた。

「そうですね。でも今は折り合いがついているのでこのままでいます」

「そうですか」

「それじゃあ私はこれで。いろいろとご迷惑をおかけしました」

去ろうとする愛を右京が呼び止めた。

「あとひとつだけ。多重人格では別人格がふたつ以上形成されるのが普通だそうです。つまり、主人格を含め三人以上の人格を持つ。しかも、成人した女性に幼い男の子の人格が出現するのも珍しくないようですねえ。吏玖くんのお友達にジュンくんという子がいるようですが、学校のお友達でも親戚でもないそうです。どこの子なんでしょう？　気になっていましてね、あなたならばご存じかと」

「ジュンくんのことは話しません。母に叱られますから」

小さく頭を下げて、愛は立ち去っていった。愛は帰宅してからジュンとなって、吏玖くんと遊ぶのだろう。右京はそう思った。

翌朝、登庁した亘はボードの名札を裏返そうとして、その手を止めた。

「これ、削りましたね？」

先に登庁し読書をしていた右京は本から目を上げることもなく、「比べてみたら、上下左右一・五ミリほど大きかったものですから」

「ったくもう……。手作りなんだからいいじゃないですか」

「不統一は精神衛生上よくありません」

「細かいこといちいち……」

不平を漏らす亘に、右京は「僕の悪い癖」と言ってのけた。

「じゃあ聞きますけど、右京さんのほうが大きかったらご自分の削りましたか?」

「もちろん」

そう言われてしまうと、何も言い返せない亘だった。

相棒 season 14（第１話〜第７話）

STAFF

エグゼクティブプロデューサー：桑田潔（テレビ朝日）
ゼネラルプロデューサー：佐藤涼一（テレビ朝日）
プロデューサー：伊東仁（テレビ朝日）、西平敦郎（東映）、
土田真通（東映）
脚本：輿水泰弘、徳永富彦、金井寛、真野勝成、谷口純一郎
監督：和泉聖治、橋本一
音楽：池頼広

CAST

杉下右京……………………………水谷豊
冠城亘………………………………反町隆史
月本幸子……………………………鈴木杏樹
伊丹憲一……………………………川原和久
芹沢慶二……………………………山中崇史
米沢守………………………………六角精児
角田六郎……………………………山西惇
大河内春樹…………………………神保悟志
中園照生……………………………小野了
内村完爾……………………………片桐竜次
日下部彌彦…………………………榎木孝明
甲斐峯秋……………………………石坂浩二

制作：テレビ朝日・東映

第1話　　初回放送日：2015年10月14日

フランケンシュタインの告白

STAFF

脚本：輿水泰弘　監督：和泉聖治

GUEST CAST

慈光……………………大和田獏　　増渕万里……………阿部丈二
梅津源平……………井之上隆志　　美倉成豪………………小柳心
田代伊久夫……………栩原楽人

第2話　　初回放送日：2015年10月21日

或る相棒の死

STAFF

脚本：真野勝成　監督：橋本一

GUEST CAST

早田茂樹………………宅間孝行

第3話　　初回放送日：2015年10月28日

死に神

STAFF

脚本：金井寛　監督：橋本一

GUEST CAST

中村隼…………………近藤公園　　雨宮一馬……………葛山信吾

第4話　　初回放送日：2015年11月4日

ファンタスマゴリ

STAFF

脚本：真野勝成　監督：和泉聖治

GUEST CAST

片野坂義男………………岩松了　　譜久村聖太郎………織本順吉

第５話　　　　　　　　　　　　　　初回放送日：2015年11月18日

2045

STAFF

脚本：徳永富彦　監督：橋本一

GUEST CAST

長江菜美子………………平岩紙

第６話　　　　　　　　　　　　　　初回放送日：2015年11月25日

はつ恋

STAFF

脚本：谷口純一郎　監督：和泉聖治

GUEST CAST

星野玲奈………………笛木優子

第７話　　　　　　　　　　　　　　初回放送日：2015年12月２日

キモノ綺譚

STAFF

脚本：輿水泰弘　監督：橋本一

GUEST CAST

上條愛…………………西原亜希

相棒《あいぼう》 season14 上
朝日文庫

2016年10月30日　第1刷発行

脚　本　輿水泰弘《こしみずやすひろ》　徳永富彦《とくながとみひこ》　金井寛《かないひろし》
真野勝成《まのかつなり》　谷口純一郎《たにぐちじゅんいちろう》
ノベライズ　碇《いかり》　卯人《うひと》

発行者　友澤和子
発行所　朝日新聞出版
〒104-8011　東京都中央区築地5-3-2
電話　03-5541-8832（編集）
03-5540-7793（販売）
印刷製本　大日本印刷株式会社

定価はカバーに表示してあります

ISBN978-4-02-264828-0

落丁·乱丁の場合は弊社業務部（電話03-5540-7800）へご連絡ください。
送料弊社負担にてお取り替えいたします。

朝日文庫

相棒season4（上）

脚本・輿水　泰弘ほか／ノベライズ・碇　卯人

極悪人・北条が再登場する「閣下の城」、オカルティックな「密やかな連続殺人」、社会派ミステリの傑作「冤罪」などバラエティに富む九編。

相棒season4（下）

脚本・輿水　泰弘ほか／ノベライズ・碇　卯人

シリーズ初の元日スペシャル「汚れある悪戯」、右京のプライベートが窺える「天才の系譜」、人気のエピソード「ついてない女」など一一編。

相棒season5（上）

脚本・輿水　泰弘ほか／ノベライズ・碇　卯人

放送開始六年目にして明らかな〝「相棒」らしさ〟を確立したシーズン5の前半一〇話。人気ドラマのノベライズ九冊目！〔解説・内田かずひろ〕

相棒season5（下）

脚本・輿水　泰弘ほか／ノベライズ・碇　卯人

全国の相棒ファンをうならせた感動の巨編「バベルの塔」や、薫の男気が読者の涙腺を刺激する秀作「裏切者」など名作揃いの一〇編。

相棒season6（上）

輿水　泰弘ほか／ノベライズ・碇　卯人

裁判員制度を導入前に扱った「複眼の法廷」をはじめ、あの武藤弁護士が登場する「編集された殺人」など、よりアクチュアルなテーマを扱った九編。

相棒season6（下）

脚本・輿水　泰弘ほか／ノベライズ・碇　卯人

特急密室殺人の相棒版「寝台特急カシオペア殺人事件」から、異色の傑作「新・Wの悲喜劇」「複眼の法廷」のアンサー編「黙示録」など。

相棒season9（上）
脚本・輿水　泰弘ほか／ノベライズ・碇　卯人

右京と尊が、夭折の天才画家の絵画に秘められた謎を追う「最後のアトリエ」ほか七編を収録した、人気シリーズ第九弾！〔解説・井上和香〕

相棒season9（中）
脚本・輿水　泰弘ほか／ノベライズ・碇　卯人

尊が発見した遺体から、警視庁と警察庁の対立を描く「予兆」、右京が密室の謎を解く「招かれざる客」など五編を収録。〔解説・木梨憲武〕

相棒season9（下）
脚本・輿水　泰弘ほか／ノベライズ・碇　卯人

テロ実行犯として逮捕され死刑執行されたはずの男と、政府・公安・警視庁との駆け引きを描く「亡霊」他五編を収録。〔解説・研ナオコ〕

相棒season10（上）
脚本・輿水　泰弘ほか／ノベライズ・碇　卯人

仮釈放中に投身自殺した男の遺書に恨み事を書かれた神戸尊が、杉下右京と共に事件の再捜査に奔る「贖罪」など六編を収録。〔解説・本仮屋ユイカ〕

相棒season10（中）
輿水　泰弘ほか／ノベライズ・碇　卯人

子供たち七人を人質としたバスに同乗した神戸尊と、捜査本部で事件解決を目指す杉下右京の葛藤を描く「ピエロ」など七編を収録。〔解説・吉田栄作〕

相棒season10（下）
脚本・輿水　泰弘ほか／ノベライズ・碇　卯人

研究者が追い求めるクローン人間の作製に、内閣・警視庁が巻き込まれ、神戸尊の最後の事件となった「罪と罰」など六編。〔解説・松本莉緒〕

相棒season11（上）
脚本・輿水　泰弘ほか／ノベライズ・碇　卯人

香港の日本総領事公邸での拳銃暴発事故を巡り、杉下右京と甲斐享が、新コンビとして活躍する「聖域」など六編を収録。〔解説・津村記久子〕

相棒season11（中）
脚本・輿水　泰弘ほか／ノベライズ・碇　卯人

何者かに暴行を受け、記憶を失った甲斐享が口にする断片的な言葉から、杉下右京が事件の真相に迫る「森の中」など六編。〔解説・畠中　恵〕

相棒season11（下）
脚本・輿水　泰弘ほか／ノベライズ・碇　卯人

警視庁警視の死亡事故が、公安や警察庁、さらには元・相棒の神戸尊をも巻き込む大事件に発展していく「酒壺の蛇」など六編。〔解説・三上　延〕

相棒season12（上）
脚本・輿水　泰弘ほか／ノベライズ・碇　卯人

陰謀論者が語る十年前の邦人社長誘拐殺人事件が、警察組織全体を揺るがす大事件に発展する「ビリーバー」など七編を収録。〔解説・辻村深月〕

相棒season12（中）
脚本・輿水　泰弘ほか／ノベライズ・碇　卯人

交番爆破事件の現場に遭遇した甲斐享が残すヒントをもとに、杉下右京が名推理を展開する「ボマー」など六編を収録。〔解説・夏目房之介〕

相棒season12（下）
脚本・輿水　泰弘ほか／ノベライズ・碇　卯人

〝証人保護プログラム〟で守られた闇社会の大物の三男を捜し出すよう特命係が命じられる「プロテクト」など六編を収録。〔解説・大倉崇裕〕